挪\威\现当代文学译丛

我抗拒
Jeg nekter

[挪威] 佩尔·帕特森 / 著　张芸 / 译

上海译文出版社

图书在版编目（CIP）数据

我抗拒 /（挪威）佩尔·帕特森（Per Petterson）著；
张芸译. — 上海：上海译文出版社，2019.8
（挪威现代文学译丛）
ISBN 978-7-5327-8063-1

Ⅰ.①我… Ⅱ.①佩… ②张… Ⅲ.①长篇小说—挪
威—现代 Ⅳ.①I533.45

中国版本图书馆CIP数据核字（2019）第128424号

Per Petterson
JEG NEKTER
Translated into Chinese from the English
Copyright© Don Bartlett, 2014
Copyright© 2012, Forlaget Oktober AS
Published in agreement with Oslo Literary Agency
Simplified Chinese edition copyright:
2019 SHANGHAI TRANSLATION PUBLISHING HOUSE (STPH)
All rights reserved.

This translation has been published with the financial support of NORLA

NORLA

图字：09-2018-686号

我抗拒
[挪威]佩尔·帕特森　著　张芸　译
责任编辑/杨懿晶　装帧设计/胡枫

上海译文出版社有限公司出版、发行
网址：www.yiwen.com.cn
200001　上海福建中路193号
启东市人民印刷有限公司印刷

开本 890×1240　1/32　印张 7.5　插页 2　字数 121,000
2019年8月第1版　2019年8月第1次印刷

ISBN 978-7-5327-8063-1/I·4953
定价：52.00元

献给厄伊温

I

吉姆·2006年9月

　　天是黑的。凌晨四点半。我开车从海于克托朝庄园路驶去。在快到亚恩车站前，我一个左转，越过铁路桥，当时是红灯，但四周没有别人，所以我还是转了。过了十字路口，我继续往前开，路过当地一家人们称之为"旋转木马"的商店，这时有个男人猛地从黑暗中窜出来，跑到我的车前，头灯照亮了他。待我看见他时，他快要摔倒的样子。我一脚踩下刹车，轮胎卡住了，伴随一记令人毛骨悚然的尖利的摩擦声，车子侧滑出几米，贴着他停下。发动机熄了火。我确信我的保险杠撞到了他。

　　结果他没有摔倒。他靠在引擎罩上，摇晃着后退了三步。我看见他的眼中注满了车前灯的光。他盯着挡风玻璃，但他看不见我，他什么也看不见。他头发很长，胡子也很长，腋下紧紧夹着一个灰色的包。有一刹，我以为这是我的父亲。但这不是我的父亲。我从未见过我的父亲。

　　随后，他消失在马路另一边的黑暗中，那儿的小道是条陡坡，通往下面的亚恩谷。我坐着，手臂直挺挺地伸在面前，双手死按住方向盘，车尾有一半戳在对面的车道里。天仍是黑的。甚至更黑了。两道车前灯的光从山下逐渐逼近。我转动钥匙，但汽车不肯启动，我又试了一次，

2

这下车子突突地活了过来。我感觉我的呼吸提到了嗓子眼，我气喘吁吁，像条狗似的。在另一辆车撞到我以前，我退回右边的车道，然后转过方向盘，缓缓下坡，朝莫斯公路驶去，下山后右转，驶往奥斯陆。

从前，在延斯·斯托尔滕贝格首次领导红绿联盟执政期间，我住在奥斯陆东北面的鲁默里克，可我越来越少开便捷的路进奥斯陆——不走E6高速，而是在首都东面兜一大圈，从利勒斯特伦经埃内巴克，到海于克托，因为这段路唤起甜蜜的回忆。

固然，那么开远很多，花费更多时间，但关系不大，我已经一整年没有上班，也不知道接下来会怎样。社会保障署寄来一封信，通知我去他们的办事处一趟，但我估计我不用马上回去上班。只要我记得吃药，日子在不知不觉中流逝。

我把车速控制在略比限速慢一点，沿莫斯公路往连接乌尔夫亚岛和大陆的悬索桥驶去。路上的车还不多。我缓缓行过那座在我身下摇晃的桥，一种美妙的感觉，犹如在船的甲板上，我喜欢那种感觉。

我把车停在右边的路侧停车带里，位于那儿的弯道上，然后我靠着椅背，闭上眼睛，等待。用腹部呼吸。接着我打开车门，伸出双腿，走到车子另一边，取出旧的黑色袋子，里面装了渔具。没什么特别的，一套钓组，包含一根钓线和二十个钓钩，末端有一颗铅锤。

平日固定的钓客已经到了，沿栏杆一字站开，他们在那儿已经站了十年或更久。我也许是这么多年里唯一新加入的，但没有人问我为什么突然出现。过去三个月里，我每周至少来这儿两次。

我手里提着袋子走到桥上，离我最近的那名男子转过身。他学童子军做出三个手指举到帽檐的敬礼动作。他叠穿了两件毛衣，外面那件是蓝的，里面那件是白的，应该说是米色，两件都破破烂烂的，人们叫他"货柜"约恩。他的手上戴着露指手套，也可能是普通的手套，他把手指部分剪了。我见过报童这么做。那副手套是意想不到的浅红色，近乎粉红。

"有鱼上钩吗？"我问。他没有作答，而是微笑着，指指铺在他脚边地上的报纸。上面有一条中等大小的鳕鱼和两条鲭鱼，一条仍在扭动身子。他眨了眨左眼，举起右手，亮出五个手指，亮了三遍。

"十五分钟内。"我压低声音惊呼道。

有人丢了一个塑料袋，附在栏杆上，是国际合作社联盟或什么的袋子，反正不是他的，那点确信无疑，同样扔着的还有两个揉扁的纸杯，一张浅色、沾着番茄酱和芥末酱的餐巾纸，以及更远处一团缠结、不中用的钓线。"货柜"约恩用一只手套捂着嘴，咳嗽了好几声，那声音里回荡着一种不祥的空响，他转过身，对着黑暗说：

"该死的外国佬。大白天捕鱼。"

我从他身旁走过，停在两根悬索间。每两根悬索之间标有一个数字，这段间隔标的是九。我从钓组上解散最后一个钓钩，抽出半米长的钓线，身体倾过栏杆。我笨拙地转动了几下手腕，让末端带铅锤的钓线慢慢从钓组上解开，落入水里。在每只钓钩的顶端，我缠了一小段闪闪

4

发亮的红色胶布。我的叔叔正经捕过几次鱼，在从这儿更往南一点的邦内峡湾，离罗尔德·亚孟森的故居不远，他划着免费租来的小船，总是用贻贝做鱼饵。他想要在咸水区捕鱼，这在六十年代初是合法的，他驾驶灰色的沃尔沃小轿车，开很远的路，穿着高筒防水胶靴，走在贝肯斯坦码头旁的浅滩里，波光粼粼的水面没至他的靴筒上沿，他卷起衬衫衣袖，徒劳地企图在每次弯腰抓贻贝时不弄湿袖子，他把贻贝放进一个劈成两半、漂浮在他身前的桶子里。

不过这一切对我而言太麻烦，我自然没有像他那样大老远地去找鱼饵，我钓的鱼吞的饵和我叔叔那时钓的鱼吞的饵没有差别。用不着鱼饵，桥上的其他人说，只要有亮晶晶的东西，它们就上钩。

我把一个从自行车上拆下来的轮毂安在栏杆上，用挡泥板的支架把它和最上端的扶手牢牢固定在一起，这类装置叫作卷扬机，通常系在渔船的舷缘，你想要的话，店里也许买得到，但这是我的个人专利。我把钓鱼线置于凹槽里，这样，我可以和缓地拉起或放下钓线，不会使它因擦着栏杆而磨损，以至最终在响亮的嘣一声中断裂。发生这种情况，大家保证一乐。

天慢慢破晓。我在那儿站了两个多小时，一条鱼也没上钩。这教我懊恼，可坦白讲，我不再爱吃鱼。不像以前爱得不得了。钓到的鱼，我总是送人。

一般说来，我在第一波车流下山、向桥驶来以前开车回家，可今天我磨磨蹭蹭。我甚至还没开始收拾我的袋子，驶来的都是豪车、昂贵的车。我转身，背朝马路，身上紧紧裹着那件已有磨损的深蓝色双排扣厚呢短夹克。那件夹克，我从年少住在默克镇时穿到现在，老的铜钮扣里只有一颗仍完好无损，我戴了一顶和夹克同样蓝色的羊毛帽，下拉盖住耳朵，因此从背后没有人能认出我是谁。

我把钓组绑在栏杆上，转过身，蹲下，从袋子里的那盒烟中抽出一支。我实在应该戒烟的，近来每天早晨我时常咳嗽，这是一个不好的征兆，此时一辆车在我跟前停下，驾驶座一侧的车窗与我的脸平齐。我嘴上叼着烟，在站起身之际划了一根火柴，用握拢的手挡着。我一直都用火柴，我不喜欢塑料的东西。

那是一辆灰色、崭新的梅赛德斯车，漆涂得锃亮，闪现着一种皮肤在某些时刻、某些情境下会有的照人光彩。接着，车窗无声地摇了下来。

"吉姆，莫非是你？"他说。

我当即认出了他。是汤米。他的头发稀疏了，有点花白。但他左眼上方那道横的疤痕依旧清晰可见，白晃晃的闪着银光。他穿着一件紫色大衣，扣子扣到领口。那看起来不是便宜货。他没有变，可他看上去又像《全民公敌》里的乔恩·沃伊特。皮手套。蓝眼睛。有点教人捉摸不透。

"是我，没错。"我说。

"真没想到呀。多少年了。二十五年。三十。"我接道。

"差不多。再长一点。"

他露出微笑。"那时我们各自走了不同的路，对吧。"他没有说分别是哪两条路。

"确实如此。"我说。他微笑着，他很高兴见到我，或似乎是这样。

"原来你在这座桥上钓鱼呢，戴着帽子，结果我来了，开着这辆车。它可不便宜，我能告诉你的就那么多。但我买得起。真的，买两辆也行，或者更多，假如我想要的话，现款支付。这岂非不可思议。"他微笑着说。

"什么不可思议？"

"命运到头来变成这样。逆转。"

逆转，我心想。是不是那样。可他说这话不是为了奚落我。他决不会，只要他还是我们年少时的那个他就不会。他仅是觉得不可思议而已。

"是啊，"我说，"你也许讲得对。是挺不可思议的。"

"钓到鱼啦。"他说。

"屁也没有，"我说，"估计是我今天运气不佳。"

"但你不需要钓鱼吧。我指的是，钓来吃或干什么，你懂我的意思。"

"不需要。"我说。

"因为假如你有需要，我可以帮你。"他说，我没接话，然后他又说，"那样讲实属冒犯，抱歉。"他的脸绯红起来，看上去像是多喝了点酒时会有的样子。

"没关系。"我说。

那并非没关系，但过去的他曾如此重要。我们曾风雨同舟、同甘共苦过。

更多车子下山向桥驶来，只有一条车道，因而他们在他后面排起队，一辆车里有人拼命按喇叭。

"见到你真好，吉姆。也许以后还有机会。"他说，在他讲出我的名字时，我感到有点不自在，好像一束手电筒的光直接照在我的脸上，我不明白他说"还有机会"是什么意思，或倘若真有，会出现什么情况。接着，那扇茶色玻璃车窗摇了上去。他举起手，车子开动，加速驶过那座桥，在桥的另一头左转，朝城市的方向驰去。天几乎全亮了。今天会是一个晴朗的日子。

我将钓线缠回钓组上，动作笨拙得和解开钓线时一样，然后把最后一只钓钩塞进卷轴里，我走在栏杆旁，铅锤悬荡着，我把那根没怎么抽的烟丢了出去，越过悬索，朝水面划出一道带红光的弧线，我把钓组放入袋中，把袋子放进后备厢，关上盖子，走到副驾驶座一侧，旁边是灌木丛，就在灌木丛结束的地方，我跪下，用双臂紧紧抱住自己的身体，试图缓慢地呼吸，可我做不到。我哭了起来。我张大嘴巴，这时嘈杂声不那么喧哗了，空气的流动进出变得容易，我的呻吟也没那么厉害了。这多少有点儿奇怪。

那阵阵袭来的痛需要时间才能消退，我必须先把自己搞到精疲力竭。于是我让事情顺其自然。人能自学的东西真是不可思议。最后，我用一只手撑着车门，站起身，用另一只手擦了一把脸，走回到车子的另一侧。桥上的其他人正忙着他们自己的事。有三个人准备要走。我上了车。我是里面唯一有车的。我不知道其他人住在哪里，但我猜应该不太远，假如他们可以走路过来。或许他们是坐公共汽车吧，要是有车到这里来的话。有一次，我问有没有人想搭便车，他们都说不。

过了桥，虽然莫斯公路上的车队越排越长，但我还是选了直接穿过奥斯陆市中心这条最近的路回家。这样我得过收费站，那要二十克朗，但假如先前我没有按我现在的偏好绕道，而是开最简单的路来这座桥，那边也有一个收费站，所以等于是花一样的钱。

我往反方向驶出市区，返回我来时的小镇，我所行驶的东向的车道里，几乎没有车，也没有人抢道。反方向的车道里全是往市中心去的车，一辆紧跟一辆，像连环似的，简直纹丝不动，而我这边，我驶入瓦勒伦加区、埃特斯塔德区一带的隧道，出来，在晨光下沿E6高速前行，然后转入右侧的岔道，往利勒斯特伦的方向，途经卡里海于根区，整个洛伦斯古区在重建中，楼房已经拆除、夷为平地，大型购物商场和多层停车场正将重新拔地而起，过了中心地带苏尔黑姆后，到处是深不见底的大坑、起重机和一片片被铲得像面包片似的土坡。现在是九月，早已入秋，仅剩的几棵树，三三两两，疏落地排在高速公路两侧，焕发出黯淡的红与金，在驶向雷林根隧道的途中，寒冷、潮湿的空气透过开着的窗灌进车里。

我从车库往上走了两层楼梯至一楼，开门，回到我独居的三室公寓。我累了。我舒展了一下脖子，转了几圈头，脱掉鞋，把它们放好，让后跟靠着踢脚板，正上方是挂在墙壁衣钩上的外套，我把那件双排扣厚呢短夹克挂在其中一个钩子上，把钓鱼用具放进一个大铁盒子，盒盖上印着一只外形俊美的公鸡，那里面以前装的是塞特勒饼干厂生产的高档精选饼干，我把盒子往里推到壁橱的架子上，然后去浴室，用手掬满水仔细地洗脸。我端详镜子里的自己。眼睛下有黑眼圈，双眼靠近鼻梁处的眼角发红。刚才我想必是酒后驾车。直到此刻我才恍然意识到这一点。

我用毛巾使劲擦干脸，穿着袜子走过客厅，去卧室窥探了一眼。她还睡着，浅黑色的头发落在枕头上。她的嘴唇令人感到陌生。我站在门口等待。一分钟，两分钟，然后我转身朝沙发走去，在茶几旁坐下，点了一根烟。我只可以抽半根，我必须尽快把烟戒了。这个星期我可以试试看。

我在烟灰缸里掐灭烟头，站起来朝走廊走去，在壁橱里找出一条毯子，然后走回来，躺在沙发上。我的眼睛痛得厉害。我的眼皮几乎无法张开、合拢，我脸上的皮肤又干又硬，好像有张面具贴在我的颧骨上。我确信我睡不着。但我睡着了，等我醒来时，她已经走了。我努力回忆她的名字，可那也跟着她走了。

汤米·1962年

汤米，汤米！快点，汤米！

那是提雅在呼喊，她是我的母亲，我能如此清晰地听见她的声音，我记得我能，但今天，我记不起她的声音有何特点，是什么使她的声音与别人不同。那在很久以前消逝了。

我，汤米·贝里格伦，记得那天天气很冷，气温低于零度，而且她喊我的这天是我的十岁生日。*汤米，汤米！快点，汤米！*她喊道，我跑过通往信箱的石板路，进而跑到马路上，看见家家户户的门前，冻成冰的床单挂在晾衣绳上，宛如撑开的画布，等妇人来把它们收下时，那些床单一样是硬邦邦的，它们像迎风而立的旗帜，像白旗，表示投降之意。

听到她在叫我，我拼尽全力跑过去。*汤米！汤米！*她喊道，可我看不见她的人，听不出她的声音是从哪里传来。我来回跑了一圈又一圈，朝路的两端东张西望，但路上一个人影也没有，我沿着我们家和邻居家之间的小径往前跑，先经过一片凹地，然后继续横穿原野，吉姆和我，我们以前常在那片凹地里玩耍，因为他们从窗户看不见我们。原来她在

11

那儿，我能看见低矮的山脊旁，我的母亲穿着灰色斗篷，在两棵白桦树之间，她穿着她暖和的外套，在我们大家称之为的白桦林里，一棵虬曲的松树是林中最高的树，它从树梢到中段被劈成两半，这两半又各自长成两棵完全独立的树，互相不知道对方的生长。有人说，闪电击中这棵松树，恰是发生在我出生的那晚，可能是我父亲说的，但我不信，闪电来袭，在我出生的当日，得了吧，那个时节没有雷暴雨，那天的晚些时候，吉姆本当要来的，他打算晚饭后过来，来吃蛋糕。

在白桦林背后，原野的地势向着山脊攀升，我全速奔跑，我们的学校就坐落在山脊的另一边，位于默克镇，每天早晨我们坐校车去那儿上学，每天都是，除了星期天以外。白桦林旁曾经有座名叫比约克鲁德的农场，但现在没了，连同谷仓、鸡舍和农场上理当有的一切，比如拖拉机，全都没了，谷仓后面的犁具和马厩墙上束马的挽具，以及拴狗的皮带和建在立柱上的仓库也没了，自我出世以来就片石无存。那儿也有一个池塘，原本是归农场的，池塘里养了鸭子，反正我父亲是这么讲的，他还说，他们在水里造了一座吊脚楼，一间不起眼的小屋，其实是供鸭子住的，在那座农场还是农场的时候。更甚的是，住在农场上的人把发绿的池水当作饮用水，我的父亲说，那听来直教人恶心，鸭子在发绿的水中游来游去，在里面吃喝拉撒，竟有人喝得下那种水。

那是我一路狂奔时心里所想的事，想着有人喝过那污浊不堪、发绿的水。我一边跑，一边能轻易地在眼前勾勒出那画面，我能看见他们喝水的场景，他们张开嘴，对着玻璃杯，我的母亲就在池塘旁向我发出召唤。汤米！汤米！她喊道，快点！快点！他要淹死了！于是我更拼命地逼自己快跑,我感觉我的脚像不着地似的,但肯定有,我的脚,有触到地面,看在上帝的份上,我不可能飞起来,但在通往池塘的那条小路上,我的双脚不属于我,因为有人要淹死了,而我的母亲不会游泳。

结果是一条狗。落水的是洛博。我看见它黝黑的脑袋和灰白的胡须,勉强从池里露出来,它正竭尽全力伸着脖子。它看起来无精打采,它老了,它的四肢饱受风湿病的折磨,关节几乎无法弯曲,每一天,它拖着四条僵直的腿去斯莱滕家,为了近距离好好地嗅一嗅,看他们家的母狗是否在发情。来回各需花它二十分钟,那条母狗是在发情,它大致一年发情两次,非常准时,和所有适龄母狗一样,但洛博难以从后面趴到它身上交配,那情景有些不雅,着实不雅。此外,它也没了那个能耐,大家都知道,所以没有人会费心驱赶它,何必呢。看在上帝的份上,让这条狗找点乐子吧,斯莱滕说,它时日无多了。

他的厨房抽屉里有一把枪,我的父亲说,指的,当然是斯莱滕。

她不会游泳,可洛博也不会,用那僵如木棍的腿无法泅水,我径直从穿着灰色外套的她身旁跑过,跃入池中。前一晚水面上结了薄薄一层冰,还没化,我撞到那层冰,冰像薄饼似的在我四周裂开,水冰冷、冰冷、冰冷。我用一只手抓着它的项圈,在发绿的池水中踩水,这不容易,我穿着鞋子和衣服在水里前行,洛博的脚触不到比约克鲁德池的池底,我的脚也不行。那水又滑又黏,我必须一边拽着它,一边游泳,有几次,我试图用脚尖去点池底,像我在获得游泳奖章时一样,可我够不到,洛博也帮不上我。它想帮,可它的身体如船锚,死沉死沉,必须靠我拉着在水里移动，它身上的黑毛很短，所以它想必冻僵了，洛博，全身没有一处是不僵硬的。那时的我尚且年幼，它的岁数比我大，但我们从来不是朋友。我觉得它狡猾多端，鬼鬼祟祟的，总是潜伏着，伺机寻觅交媾的机会，要命，你跑池塘里干什么，我说，你渴了吗，洛博，我如此喜爱那条狗，真的，我不能没有它，一天也不行，你为什么来这儿喝水，洛博，我说，你渴成那样吗，我说，这么远，你能不能走回家。

过了好久，我终于感到脚下是结实的地面了，我用力将洛博拖上池塘尽头泥泞的斜坡，那棵双生松树就牢牢立在那儿，深长的树根扭曲缠绕，我的牙齿不由自主地打战，它们在我嘴里变得越来越大，洛博像块木头似的瘫倒在草地上。它长长地喘着气，从喉咙根部发出尖啸声。不久它将咽下最后一口气，再喘几声，它就完了，那毫无疑问。可它的呼吸始终不停，我穿着湿透的衣服站起来。我冻得够呛。全身又黏又绿，我湿漉漉的蓝针织套衫外缠了长条状发黏、绿色的东西，我的嘴里容不下再多一颗牙齿，我的母亲对我说，好孩子，汤米。

汤米 · 2006年春

1966年

　　我办公室的电话响了。我刚从车库搭电梯上至十层，那是奥斯陆新建的一幢高楼，靠近滨港。我还在想着吉姆。那个袋子。那件双排扣厚呢短夹克。那顶深色的羊毛帽。从前，他的衣着如此时髦，他是我们住的那片地区第一个留起长发的，第一个穿低腰喇叭裤、双排扣厚呢短夹克和戴领巾的。一位旱地上的长发水手。他的模样帅极了。

　　打电话来的是鲁默里克北部的治安警区。我说：

"你好，我是汤米。"

我有点喘不上气，我从来不跑步。我酒喝得太多，所以会那样。

"你能来一趟吗，接你的父亲？"

"我不知道我的父亲还活着。"我说。那位警察说：

"他目前精神不是那么矍铄，但我向你保证，他没死。"

"你肯定那是我的父亲吗，"我问，"你怎么确认的？"那位警察说：

"不是你的父亲会是谁？"

我曾如此确信他死了。我试图估算出他现在几岁。七十五，也许。或者更老。所以他还活着。这难以想象。

想当初，1966年，我们住在默克。我的父亲是一名垃圾工，在垃圾车上工作。他的岗位是站在踏板上，戴着手套，握住车后的钢杆，那儿有道闪亮、弧形的卷帘门，在垃圾车开走时，好似巨型写字台的盖板，砰地拉下，然后又吱一声打开，我的父亲在车尚未停稳时就从踏板上跳下来，他冲进垃圾棚，或跑过排列着大多数垃圾箱的路缘。他拉出百公升容量的方形金属垃圾箱，或拖着它们走过碎石子路，把它们举过肩头，将里面的东西倒入垃圾车后部，然后带着空垃圾箱跑回去，再搬新的。有时，他一次拉两个，一手一个，把它们平行举过肩头，朝垃圾车走去，猛地下腰，身子前倾，垃圾遂从他的脑袋两侧倾泻而出。我见过他这么做许多次。我觉得那是令人恶心的一幕。

我的父亲永远当不上司机，司机凌空高居于明净的驾驶舱内，当他在路上干苦力之际，不去费事地张望窗外，不看他炫耀地一次拉两个垃圾箱，不，他们不看，所以他没有观众，他一肩扛着一个垃圾箱，是本地最身强力壮的男人。不，即便那样，他们也懒得望向窗外，而是坐着，双手置于膝上，伏在方向盘上半打瞌睡，等我父亲把垃圾箱运回垃圾棚，重新跳上踏板，掌击那根发亮的金属杆，于是他们会再开五十、一百或两百米，到下一个垃圾箱集中点。我的父亲，他有驾驶执照，但他们不让他开车。他没机会凌驾得那么高。

他壮得不可思议。傍晚时分，一群男人醒目地站在草坪上举重，提举任何他们能弄到手的东西，举牛奶桶和车轮，一次举好几个，举石

16

板和废金属，连续地一上一下，直至二头肌外面的皮肤近乎开裂，但没有人能击败他。所以当他打我们时，你以为他会用手臂或拳头。但不是，他用的是腿，当然他的腿，那两条腿，也很粗壮，只需稍想一下，这是必然的，他拖着垃圾箱在路上跑来跑去，他的腿自然也很粗壮。

他穿着长靴。他踢我们。他从后面踢我们的屁股，有时那痛得要命，对西丽和那对双胞胎来说苦不堪言。她们不像我，承受不了那种惩罚，屁股后面也没有肌肉，可以招架他的踢打。但他一视同仁，他对待男女没有区别。我们四个，他全踢。

晚上，等我的父亲开着电视入睡后，我们凑到一起，在二楼我们合住的房间里，脱下彼此的裤子，趴着躺在其中一人的床上，撅起屁股，互相展示青一块紫一块的瘀痕和皮肤裂开、还未完全愈合的硬痂，我们比较大小、颜色，看那天或某一天他心情不好时，谁挨的打最严重，他经常心情不好，我们受伤的程度都差不多，但通常我是挨打最多的那个，因为我最年长，又是男的。

看见我几个妹妹的情状教人伤心，我安抚她们，用最美的词夸赞她们的屁股，说那些瘀青没有她们可能以为的那么糟，她们的屁股很快会漂亮如初，倘若她们担心那会好不了的话。那的确是她们担心的。她们怕屁股的伤痤愈得不够快，每一次在学校上体育课，要侧身从淋浴间走过不是易事，她们不能转身，必须把背时刻贴着墙壁，如果有人问起那些伤痕是从哪里来的，她们不知该怎么说。至于我，我毫不在乎，如果有人问我，我会如实相告，但鲜少有人问我。他们不敢。大家都觉得我很吓人。

不过对我的妹妹们来说，事情没那么容易。

　　一天晚上，我们一起坐在房里，我正准备轻拍她们，抚摩她们的屁股，像往常一样，安慰她们，说她们的屁股无论看起来怎样都很漂亮，这时，我感到一股骤然升起的冲动，想用那种方式安慰她们，抚摩她们最痛的地方，那份感觉来得突然汹涌，让我手足无措。我轻拍了她们一下，又抚摩她们，我一个接一个地抚摩她们仨，然后我转身望着窗外，我的喉咙发紧，外面，复活节的雪自然积得很高，在门旁室外照明灯的光线下闪现幽幽的黄色，此外，到处一片漆黑。那景色如此美丽，这是实话，我一直很喜欢那种样子的雪，温暖晕黄，犹如在电影里，点着各种灯火，还有雪，一部我们大家喜欢一起看的圣诞电影，在每年的圣诞节放映。然而此刻房间里亮着灯，我再度抚摸我的三个妹妹，无论她们的屁股看起来怎样，她们都如此可爱，我多么渴望用这种方式安慰她们，这种渴望比以往更加强烈，我看见自己坐在床沿，用手上下抚摩她们，就在这时，我意识到不能再这样下去。我讲出自己的想法，我说，我不能再像这样，用这种方式安慰你们，双胞胎姐妹不懂为什么，顿时大哭起来。她们需要那份安慰，她们说，你必须做你一向做的，她们说，否则我们只会更难受，我当然看得出她们需要安慰，可现在已过了时候。过了时候的原因是，我内心突然感到，我多么想抚摩她们的屁股，我有发热的感觉，那晚，我已经抚摩了她们太多次。我的手掌告诉我，我多喜欢这么做。如此一来，一切变了味，事情不可能再和以前一样。只有西丽转过身，看着我，我知道她明白我所明白的事。明白她不能再抚摩我的屁股，我也不能抚摩她的。

那一刻，我尤其痛恨我的父亲，是他把我和女孩子踢进一个房间，那个既实际存在又不存在的秘密房间，如今我必须不情愿地搬出来，因为过了时候，因为我看见镜子里的我，看见我晒黑的手放在女孩白皙的肌肤上，那上面有我父亲靴子踢出的青一块紫一块的瘀伤，就这样，他再度把我踢了出去。那给人的感觉即是如此，我亦因此而恨他。

我恨我的父亲。大家都知道我恨我的父亲。邻里间唯一和我做朋友的成年人约恩森知道这回事。整条马路，没有一户人家不知道，人人皆知我恨我的父亲，他们警惕地审视我，傍晚时分从家里走出来，有些人与我父亲一起，在草坪上进行提举废金属的幼稚比赛，这群愚蠢的懦夫，然后他们回家去，看电视，早晨去上班，回来，时刻等待着他们明知要来临的事。我仅有的几个朋友，坐校车去上学，我也一样，他们回家，做作业，看七点半瑞典电视频道放的《高查帕拉尔牧场》[1]，我也看，要是我的父亲不反对，他们都在等着注定要发生的事。但我没准备好。

我夜不成寐，思考杀他的方法，我怀着这些计策，一个不少，沉入梦乡，在梦里，一切扭曲变形成最坏的可能。那反而更好，我想。反而更好。我依然怕他，但恐惧很快会过去。十二个月，或也许只要六个月。所以我也一样，我在等待。那个日子会像一道炫目的闪电，从天而降。

---

1 七十年代的一部美国西部题材的电视剧。

强大的手撕开云层，那个日子终于到了，简直突如其来，显现在众人面前。一切变得明朗。太阳从泛白的天空里压下来，照在马路两侧的窗户上，形成的反光在我走下台阶时令我目眩。那是圣灵降临节后的星期二。我乘车去上学，心知这是一个非常特别的日子。我在出门前就心神不宁，当时我的父亲还没去上班。他那天开工晚，仍睡在床上，我坐在教室里，度日如年。当我终于在我们家的信箱旁下了校车后，我已迫不及待、蠢蠢欲动。

在同一站下车的有另外两人。我们用成年人的方式，共同举起右手，互道"再见"，他们各自朝他们住的小房子走去，一个在路的北面，一个在南面，他们俩都不怕我。威利不怕，他心思简单。吉姆也不怕。不，吉姆不同，他对我了如指掌，他是我最好的朋友。他倒退了几米，用别样的眼光看我。自从我走进操场，心知那天会有事发生后，他就一直观察我，但他不知道是什么事。

"你有什么打算告诉我的话？"他说。

"没有。"我说，换个角度想，也许我本该给他一丝暗示，一丝非常细小的暗示，让他可以似破未破，怀着这个暗示，一路走，一路琢磨，好像脑袋里有只小蚂蚁似的，毕竟，这是吉姆，但我什么也没向他透露。

"好吧。"他说，脸上有些许失望。他转过身，书包提在手里，那时我们已不用双肩书包，万一被人看见背着那种书包，会教人难为情，他朝他和他母亲住的房子走去。她是学校的老师，教挪威语和基督教，她从西海岸搬来这儿，她发的"r"与我们不一样，她怎么也改不掉那个口音。至于他的父亲，我从未见过。

"吉姆。"我说。他停下，转过身，我微笑着说："不会有事的。放心。"

他看着我。他用手背轻抚脸颊。那看上去有点奇怪。仿佛他的手掌擦伤了。

"行。"他说。

我又笑了笑。"一切都会好的。"我说。

"行。"他微微点了点头，转过身，把书包一甩，搭在肩上，朝马路北面他的家走去。

我走过石板路，来到家门口，门虚掩着，我进了走廊，把书包扔在地上，看见帽架下，他上班的衣服原封不动地挂在钩子上，跟我早晨出门时一样。那套衣服已经穿旧，虽然刚洗过，但仍有垃圾的味道。他永远也去不掉那股味道，我们谁都没有办法，那味道玷污了我们拥有的一切物品，邻居在我们背后议论纷纷，那味道永久地留在我们家里。我不知道我怎么可能看得出，那件工作服，那件夹克，它们挂在那儿的样子与我出门前一样，原封未动过。我真是个十足的巫师。

双胞胎姐妹安静地坐在二楼的楼梯上，两手夹在膝盖间等待。也许在我离家上学期间，出了什么事，吓到了她们。希望没有。但或许她们也知道将有事发生。

我对她们说：

"去对面利恩家，敲敲门。"她们立即照做了。

我走过一楼，穿过走廊和客厅，门敞开着，通往屋后的一小块草地。他坐在一张破旧的椅子上，背对着门，手肘支在膝盖上，双手无力地垂向底下的石砖。他嘴里叼着一根用泰德曼红袋混合烟草卷的烟，那根烟有点弯，尾部像喇叭似的张开，想必卷的时候他心不在焉，但他没在抽。那根烟只是叼在那儿而已。

他听见我来了，但没有转身，他必定听见我来了。我在他身后停住，说：

"搞什么鬼。你被解雇啦。"

我不该那么讲的，铁锤敲打螺栓，螺栓轧住，进退不得，事情没了回头路。他慢慢起身。我屹立不动。我用嘴巴呼吸，快速地吸入呼出，我感到气喘，自从我的母亲不见以后，我一直奔跑了两年。我站在那儿。他转过来，一种意外的茫然表情从他苍白的脸上掠过，若是在别的情形下，换一张脸，那会打动我。确实如此，那表情里有种困惑，是我以前从未在我父亲身上见过的。

他近乎悠缓地伸出手臂，把我领进客厅。接着他仔细关上我们身后的门，转身，猛然开始满房间、在我们仅有的一点家具中间用力推我，每次我一被推飞，他就追上来，用拳头狠揍我的肩膀和咽喉，并把我朝墙上掷去，我的头撞到护墙板，令人诧异的是，他没用靴子。我缺乏准备，我决定，思考、思考、思考，而后我心生一念，倘若我假装这一切没有痛楚，假装落在我身上的毒打是落在别人身上，那么我就可以挺过去。我曾听说这个办法有效，可他冲我吼道：

"我会让你闭上你该死的嘴巴。"他朝我大发雷霆，那怒火是我以前不曾目睹过的。没有东西可以阻止他，他再度把我往墙壁上扔去，我体内最深处的空气，受到挤压，哼哧一声，从我口中喷出去，但我不想有任何感觉，我不想听见任何声音，我满脑子想的是一个我父亲看不见的梦，那起了作用，那真起了作用。我一头扎进梦里，他以为我们身处同一个房间、同一间屋内，可其实我压根儿在别处，我假装我的脸、我的手臂和胸口毫无痛感，我飘走，幻想自己不在现场，梦里，一阵风穿过房间，吹过原野，吹过森林，那声响之大，使你什么也听不见，只听见风，吉姆乘风而来。他在风中对我歌唱，风和歌是一回事，我没有开玩笑，他唱道：

> 耶和华是我的牧者，我必不致缺乏；
> 他使我躺卧
> 在青草地上。[1]

还有别的他母亲教他的歌，有关天使歌咏的基督教圣歌，风吹得我的皮肤既麻木又温热，如你所料，不冷不烫，我分不出冷和烫的区别。他，每次惩罚我们时总用靴子的他，此刻拿拳头揍我，可我沉醉在不可思议的忘我中，不再惧怕他。这是值得庆祝的时刻。他可以接二连三地打我，但我所害怕的很快会过去，之后他将无计可施，除非把我杀了。

接着，和一头扎进梦里一样，我倏地从梦中醒来，感觉他的拳头击中我的眼睛，发出骇人的声响，那只眼睛合上，凭借另一只眼睛，我看

---

1 这段话出自《圣经·诗篇》。

见西丽从走廊进入客厅。她站在门口盯着我们，她的嘴张开，我用左臂遮着我的脸，伸出右手指指楼梯，他一记重拳打在我的胸口，我整个人飞过立在那儿的椅子，手肘撞到茶几的边缘，茶几翻倒，椅子也翻倒，西丽跑上楼。我在地上快速打了个滚，以防靴子再落下来，可结果他扶起椅子，坐下，粗重地喘气，手肘搭在膝盖上。他直愣愣地盯着墙壁。我慢慢起身，跪在地上。他继续盯着墙壁，我的胁部感到剧痛无比，痛到空气无法直达我的肺，所以可能断了一条肋骨。我成了独眼少年，难以分清方向，热乎乎的血从我现已完全闭拢的那只眼睛上方的眉毛里流出来，淌过我的脸颊。从另一只眼睛里滴下某种带有咸味、莹莹的液体，我可以用舌头尝出是我在哭。

我摸爬着，找到通往楼梯的路，然后上楼，一阶一阶，我敢肯定，眼前的楼梯阶数比以往多。

西丽站在我们房间的门口。她说：

"汤米，我们现在怎么办？"

我答不上来，我站直身体，我的脖子痛，还有喉咙，他打我、把我按在墙上时用手指掐着的地方。

"去我的床底下。"我说。

她走进房间，到最里面，跪下，往我的床底下瞧去。那儿只有一样东西。她撅着屁股倒爬出来，起身，手里握着球棒。我曾是学校跑柱式棒球打得最好的，我击球最狠，每次在球下落时打个正着，球飞出学校操场，落至谁也找不到的无穷远处。

"这么做合适吗，汤米？"西丽问。她十二岁，我十三岁半，很快将十四岁。我们比实际年龄更老成。

"我不知道。"我说。

我朝门走去，她又问：

"我能不能待在这儿，不过去？"

"你就待在这儿吧。"我说。

他仍坐在椅子上。我确信他知道我来了，但他一动不动，我走到他身后，把球棒刚举过肩，让指关节触碰到耳朵，然后我使出我剩下的全部力气，拼命挥出一击，打中他的腿，那条踢人的腿，它断裂的声响，至今我仍记得。尽管他整个人靠坐在椅子上，但他向前扑倒，膝盖一弯，跪在地上，他打了个滚，直挺挺地仰面躺着。他没有伸手去摸他的腿，虽然那条腿的脚踝弯折成前所未闻的角度，一个看不见的角度，他一声不吭，没有叹息，没有呻吟，我跪倒在地，摁住他的头说：

"痛吗，爸爸？"我接着说，"爸爸，爸爸，很痛吧。"我说，我甚至不知道那天他为何在家，他本该去上班的。说不定他是被解雇了，我怎么知道，为了某些完全错不在他的事，或许他终于把一位司机从驾驶座踢了下去，活该如此的一位。一位向来瞧不起他的司机，因为他无法升任到开车的位置，加入司机行列，驾驭锃亮的垃圾车，而只能卖苦力，在路上一肩扛着一个垃圾箱，成为当地的头号壮汉。他独力抚养了我们近两年，当时我们正一如既往地在庆祝圣灵降临节，虽然没有太多可炫耀的，但丁香花依旧绽放，花香飘过家家户户，也许他向我们隐瞒了那天在我们上学期间真正发生的事，或前一天发生的。可能是许多事。我不知道，我也没有问。

我坐在他起伏的胸上，两腿夹着他宽阔的肩膀，用我麻木、红肿、擦伤的手贴住他四方脑袋两侧的耳朵。他躺着不动，躺在那儿的他，显得很小、很矮，比我还矮，我以前没注意到过，他的眼睛紧闭着，我用球棒打折了他的脚踝，他的身上有股淡淡的垃圾味，我想，这是份正当的工作，必须有人去做，否则垃圾会堆积成山，因天热而发臭，可我再也受不了那股味道。那令我感到恶心和困惑，如同肮脏的绷带，一层又一层，把他从头到脚，还有他的靴子团团裹住，包得像个木乃伊，永世不变。

我站起，把球棒放在地上，放在他被打断的那条腿旁给大家看。接着我喊西丽。

她走下楼梯。从我的一只眼睛望出去，她连哭带笑，情状与我一样。她伸出手臂，从我的背后勾住我的，在她试图这样扶着我时，对于她手臂造成的痛，我一声未吭，这是我们以前在电影里见过的，他们这样帮助受伤的士兵走出战壕，赢了战争，却输了战役，当然，她分量太轻，我太重，但我们还是以那种姿势穿过走廊，穿过门，来到阳光下，太阳温柔地打在我脸上，和早晨一样，仍旧从同样炫目、白晃晃的天空里照射下来，在这个非常特殊的日子，当众人一直期待的事将要发生时，停止了运行，现在它果真停止了。

就这样，西丽和我朝吉姆与他母亲所住的房子走去，在路的更北面，没有别处可去，几户邻居出来，站在门阶上，看我们一瘸一拐地走过，但没有人下来出手相助，如果有，我会一把推开那只手。毫不犹豫。

"他们讲的有关齿轮和良心的说法，你觉得是不是真的？"

"啊，什么？"

"喔，就是你的良心好像齿轮，或甚至像一把圆锯，嗖嗖转动，利齿刺入你的灵魂，痛彻心扉，每次你干了罪大恶极的事时，你会血流如注，但后来，你干的坏事越来越多，锯齿磨光了，你的灵魂长了茧，到时齿轮转动，你什么感觉也没有，从而你就成了那样的你。"

"什么样的？"

"一个干了可怕的事却甚至察觉不到的人。"

"你是不是在说你对你爸爸做的事？"

"嗯。"

"可如果你真干了罪大恶极的事，你一定会察觉到的。"

"我不晓得。也许事发时我有察觉到一点点，但现在没了。我不觉得我干的是可怕的事。除了我的眼睛和肋骨，我没有一处感到痛。而那是他给我造成的。"

"恐怕你迟早会感到的。"

"我觉得不会。也许我没有灵魂。"

"你当然有。而且再说了，你干的事不算太坏。你是被逼无奈。我了解你。"

"你这么觉得？"

"当然啦。我是这儿最虔诚的基督徒，所以我必然了解。"

"我做了《圣经》里教的应当做的事。有人打我的右脸，我把另一边也转过去让他打。哈哈，确实如此。"

"没错。把你的头转过来，让我瞧瞧另一边。唷，那看来伤得很重。"

"已经开始愈合。现在我可以轻轻碰一碰了。"

"那就好。这么说，把另一边脸转过去，对你没多少好处，你所做的，是你唯一能有的选择。"

"我想耶稣不会做出我那样的举动。"

"别苦恼。你不是耶稣。"

"嗯，我当然不是。我不是耶稣。否则那还得了，对吧。默克镇的耶稣。哈哈。"

吉姆·汤米·1966年

　　他们站起，掸去裤子后面的泥土，出发，绕过磨坊，周围有饲料和粉尘的味道，以及某种别的磨坊特有的味道，也许是麦芽，和啤酒有关，他们沿河朝瀑布走去，磨坊主说，昔日那道瀑布驱使磨石互相转动，把麦子碾成面粉，但今天，流下来的水断断续续，没有规律或时节之分。他只看到一切事物的用途，看到每样东西可以用来做什么，什么可以赚钱，月亮照着新下的雪，蓝色的银莲花开在山坡上，草地里有蓝铃花，风从海上来，吹过秋天的黑麦地和火红的山脊，鸟儿迁徙至此，又迁走，是的，万事万物来了又去，这一切对他毫无意义，不能增产，不能翻倍，一道光是下落的瀑布，它落入乌有中，那构成一幕风景，供许多人观赏。但小孩子可以从他的手掌上、腰上和腿上感知到这全部的风景，即使双目失明的小孩也能看见。

　　到了山顶，在水坝附近，他们把自行车靠在栏杆上，人站在自行车旁，也靠着栏杆，向下俯瞰那道瀑布，汤米用手指仔细抚过他的眉毛和沿着眉毛的那条深长的伤口，还有他脸颊上的结痂，他说，有时你会不会想要跳下去，纵身一跃，像鸟那样翱翔。我了解，吉姆说，只要爬到栏杆上，一个俯冲。我的母亲说，跳下去、飞在空中并不危险，假如你喜欢，可以从摩天大楼上跳下来，那不危险。着陆才是问题所在。我以前听过那个讲法，汤米说。我知道，吉姆说。每个人都听过。

　　他们跨上自行车，蹬着转过沿河的弯道，一条非常细的河，但那是他们的河，河狸溪，虽然这么叫，但它比溪宽多了。水里以前有河狸，现在一只也没了。只有当地的老人能回忆起看见河狸的情景。糟蹋啊，老人说，可惜你们那时不在，我们看见河狸把跟城市里的大厦一样高的桦树推倒，它们只吃树冠上的一点嫩枝，吃完就开始啃新的一棵，那些树留在原地腐烂。看着教人心疼，太不像话，老人说，这么多烧火的木柴白白浪费，幸好那些该死的河狸，现在都没了。我用枪打过几只，一位老前辈说。可吉姆和汤米倒是很想见一见河狸推倒树的情景，一次就行，看需要多长时间，那估计会很有趣，而后，他们没有从平常的方向，而是从南面进默克镇，转入BP加油站，把自行车停在加油泵之间，揣着口袋里的钱，走进售货亭，去买皇冠牌冰激凌。那是六月，天很热，汤米的父亲消失得无影无踪。自圣灵降临节后的那天以来，没有人见过他，没有人切实搞明白他是怎么拖着那样一条腿离开的，怎么可能没有人看见他。第二天，四个孩子回到家，他人不在，一切和他们离家时一样，客厅里的桌椅翻倒着，一个花瓶落在地上，裂成天蓝色的碎片，墙上的画挂歪了，其中一幅的玻璃镜框碎了。那根跑柱式棒球的球棒仍在地上。人人都知道汤米和球棒的事。人人都知道他父亲的腿的事。

　　脸怎么样，柜台后面的男人问，还疼吗？不，好了，汤米说。当然没好，脸还在疼，而那人说，这个也拿上，说着，他送了汤米一块快立可脆心巧克力[1]，放在他买的冰激凌上。现在就吃了吧，那人说，别管晚饭，就这一次，对你不会有害处。谢谢，汤米说，但我恐怕会留到今晚，电视放罪案节目的时候。也行，那人说，他的名字叫吕斯布，你会应付得来，他说。事情很快会解决，到时你就可以卸下所有担子。你可以来我们家吃饭，吉姆说，我们有河鲈，是我自己捕的。好，汤米说，你的母亲会不会同意我去。她是基督徒，吉姆说，她不会拒绝的。那敢情好，但我去不了。西丽和我得给双胞胎做饭，我们不会有事的，我找到一点钱，我们去买了东西，所以我们有吃的。你很快会卸下这所有的担子，吕斯布说。那对我而言没有区别，汤米说，我们能应付得来。谢谢你的巧克力，你是个热心肠的人，他说，事实上，他宁可说，不用，谢谢，他不想从任何人那里得到任何东西，但吕斯布和大多数成年人不一样，他的确有谛听你在讲的话。

他们走到外面的加油泵旁，汤米剥去包装纸，把那块巧克力平分成两半，每一半两条，巧克力里面有饼干，他把一半递给吉姆，可吉姆说，你们可以像你刚才讲的，今晚放罪案节目时，一人吃一条，你们四个人，正好。汤米看了看吉姆，又低头看了看那块巧克力。摸上去软软的。他微笑。反正要化了，他说。我们现在就把它吃了吧。吉姆欣然接过他那块，他们把巧克力吃了，身后，吕斯布站在柜台旁，透过窗户，看他们上了自行车，左手拿着冰激凌，右手握着车把，从加油泵中间骑出来。他摇摇头。事情会解决的，他口中念道。必须解决。

---

1 Kvikk Lunsj，原意"快速午餐"，是挪威芙蕾雅巧克力公司旗下的一款产品。

接着他走进工场。里面停着约恩森的欧宝船长豪华轿车，车身漆得锃亮，看不见一丁点锈斑，但约恩森自己完全不会修车，他不知道怎么拧紧螺帽，怎么换火花塞，他会修理世上几乎任何东西，就不会修车。有几次，约恩森掀开引擎罩，头脑变得一片空白，他砰地重新盖上，然后碰到问题，他把车送到吕斯布在BP加油站的修理厂，通常只是一点小毛病，无足轻重，假如约恩森花时间检查一下，哪怕生平就一次，他也能自己在几分钟内修好。如今，吕斯布即将退休，他该怎么办。那不是遥远的事，他厌倦了这份工作，厌倦了叽叽呱呱、二头肌长得似举重运动员的长舌妇和像汤米·贝里格伦的父亲那样的恶棍，厌倦了下三滥的车，厌倦了瓦特堡和斯柯达，厌倦了以不顾一切的速度奔向磨坊、又重新驶回家的脱粒机和沃尔沃卡车，当这些车停下，让司机可以开着车窗聊天时，道路堵塞，粉尘从敞露的拖车的平板上打着旋儿飞起来，吹进他的屋子，他们甚至懒得把车开到路边。他厌倦了狡诈的农夫，同他们讲话时他甚至无法不感到困惑和愤怒，他永远习惯不了他们的交谈方式，从来不开门见山，永远旁敲侧击、闪烁其词地兜圈子，他们的脸上总是挂着诡谲的笑容，他来自萨尔普斯堡，他学不会这一套，每次总有某些滑稽之处，可他怎么也听不懂那个该死的笑话。所以现在这结束了，他打算退休，搬去奥斯陆，去他姐姐家，位于拉柯街7号，靠近奥克塞尔瓦河和斯高啤酒厂，里面有硕大、发亮的铜制啤酒桶，在特隆赫姆路上走过时，可以从窗户看见那些大桶。上帝啊，他期待那一天的来临。

他们骑车离去。那是星期五，今晚有罪案节目，回家的路上处处夏意盎然，离放假只有两个星期，草地绿油油的，一切都是绿油油的，桦树的叶子绿了，云杉树也绿了，无论转头往哪个方向看，天地万物都是绿的，没有一样不是绿的，田野绿了，不是初秋时的金黄。汤米已恢复上学，自圣灵降临节后的那天以来，他一直请假，头一个星期，他只能用一只眼睛看东西。默克镇的医生出诊，替他缝好伤口，又走了，由于家里只剩三姐妹和汤米，除了吉姆以外，谁都不准进去帮忙。地方警察局的警佐前来，也无功而返，我们会妥善处理这件事的，他说，这样不行，你们且等着，他说，可他没办法跨过门槛，察看他们在屋内的情况，汤米不让他进去。见鬼的，那小子，他在朝车子走去的途中说，我们到底该拿他怎么办。汤米寸步不让，没有一户邻居敢靠近他家。他们就这样在路上来来往往，进出各自的家，早晨去上班，下班回来，吃饭，晚上看电视，若是星期六晚，看的是七点半瑞典电视频道放的《高查帕拉尔牧场》，维多利亚的牙齿真漂亮，有人说，可能是斯莱滕说的，即便确实如此，这样讲出来仍不免奇怪，说她有一副美丽的牙齿。你可以在她微笑时看见她的牙齿，那的确与众不同，默克镇没有人的牙齿和她的一样。每当街坊邻居从门前的石头小径和几只垃圾箱旁走过时，他们总会抬头看看这栋房子的窗户，里面以前住着贝里格伦一家人，现在只剩汤米和他的三个妹妹。这教人情难以堪。

吉姆和汤米骑着自行车，从默克镇一路转过最后一个弯，沿碎石铺的车道继续向前，途经斯莱滕的家。他正抱着手风琴，坐在窗下的长凳上，手持一瓶啤酒，注视他们，他已经好几个星期没修剪他家的草坪，那看上去杂乱无章，但他似乎不当回事儿。那个男人，他一蹶不振，坠入莫大的虚空中，因为他的妻子去了奥斯陆，还把孩子也带走了，两个女儿和两个儿子，埃伊尔和艾于敦，艾于敦曾与他们同班，虽然他和吉姆、汤米是邻居，而且同龄，但他们和他不是朋友。他们之间容不下别人。

随后，汤米瞥见西丽和警佐，在家门前的阳光下。双胞胎姐妹坐在台阶上，双臂环抱身体，仿佛是秋天，她们要冻僵的样子，但现在不是秋天，是光彩夺目的盛夏，警佐站着，手臂交叉，衬衫袖子一直卷至腋下，他威风凛凛，这显而易见，重点就在于此，那是展示给别人看的。他站在那儿等待，他在等汤米，汤米立刻明白，他们在等的人是他，他们四个人，他想，我也不弱，他不一定能抓到我，假如我反应敏捷，假如我比他反应敏捷的话，他抓不到我。他本可以当即止步，往别处去，但没有其他路可走，西丽在那儿，还有双胞胎姐妹。有一辆他以前没见过的车，和警车一样停在路旁。警车是一辆黑色的沃尔沃，而另外这辆红得像一面共产主义旗帜，是一辆厢型车，侧面漆着字，但汤米和吉姆都认不出是什么字。那厢型车上写的什么，汤米问，你不是远视眼嘛。吉姆素来坐在教室后面的大窗户旁。我的确是，吉姆说，但我认不出来。我猜那大概是木匠的运货车，车身上有锤子图案。所以他是个木匠。他想必是默克镇新来的，因为他们以前没见过这辆厢型车，假如见过，他们会记得，颜色如此鲜红，后面的门上还绘有一把黄锤子，他肯定是一名共产主义者。

吉姆跟着汤米一路前行，虽然他的母亲在他们骑车经过时已出来，在家门口目不转睛地望着他们，而后他们刹车，在离贝里格伦家不远处下了自行车，把车靠在垃圾箱上，警佐戴着墨镜，就站在垃圾箱后面。他徐徐松开交叉的手臂，垂落在腰间两侧，像个匪徒似的，任手臂挂着，微微与大腿分开，仅食指向前弯曲成一个少见的弧形。他在微笑，他的腰上系了一条宽皮带，有个斗大的皮带扣，银光闪闪，上面是一个骷髅头，眼窝里嵌了两颗红玻璃眼珠。

前门台阶上有四袋东西。最大的一袋是西丽的，第二大的是汤米的，两袋最小的一模一样，看似像洋娃娃的盒子，摆在大块状的石板上。每一袋都装得鼓鼓囊囊。他们的书包放在草地上。出了什么事，汤米问。你们要搬家了，警佐说。我们不能搬，这是我们的家。哦，不行，你们必须搬，警佐说，你们不能独自住在这儿，你们无法照料自己。我们当然可以，汤米说。荒唐，警佐说，再说了，这里根本没有你的说话权，你还未满十六岁。我很快就十六岁了，汤米说。你才十三岁，警察说，你以为我不知道你的年纪，你上七年级，你当我是傻瓜呀。再过两个星期，我就毕业了，汤米说。看在老天的份上，闭嘴，警佐说。拿好你们的包裹，放到我的车后面，这样我们可以走了，不，你们两个不用，他对双胞胎姐妹说，你们带着你们的包裹，走到马路对面去。他指了指，汤米望向马路对面。利恩夫妇站在他们家门前的台阶上，他们等着，他们眼睁睁看着发生的一切，但没有穿过马路，走到这边来。我们和他们谈过好几次，儿童福利署也和他们谈过，他们愿意收养你们，警佐对双胞胎姐妹说。什么，你不能把我的妹妹送人，汤米说。他用眼角余光看见那位木匠站在他的厢型车旁，他在抽烟，身体靠着引擎罩。后面有一扇车门开着，他的器械装备在车里，一个工具箱和一叠木板，那位木匠也在等待，抬起头发呆，从嘴里对着阳光吐出缕缕白烟。双胞胎姐妹提起她们的包裹，开始迈步。嗨，姑娘们，等一下，汤米说，她们停下，转身，看着汤米，面露微笑。我们可以打电话给你，她们说。噢，看在上帝的份上，汤米说，这儿没有人有电话，那只是你们在电影里看到的，人们互相打电话，可她们耸耸肩，做出一模一样的鬼脸。那也是她们在电影里见过的双胞胎的举动，但汤米记不起是哪部电影。接着她们再度出发，朝马路走去，然后穿过马路到另一边，经过垃圾箱，再沿石板路往前，等她们走到利恩夫妇的房子前，利恩先生和利恩太太一人牵着一个双胞胎的手，领她们进屋，关上了门。

我们能带的只有这些吗，汤米问，我们还有很多东西呢，他说。警佐说，儿童福利署的人认为，你们最好换个地方，重新开始，他们说，这间屋子里发生过太多事，警察局长也同意，所以一切就这么定了，你们就带包里的这些东西。谁讲的，汤米说着，朝门跑去，拉开门，冲过走廊，进客厅，里面的一切干净整洁，他们把每一样东西都清洗收拾过，那是星期六汤米身体康复后他们做的。他们把那间屋子变成家，全是西丽和他凭他们自己的力量完成的，他们给房间通风，驱走香烟的烟味，打扫每个角落，做吃的，照顾双胞胎姐妹，晚上一起看电视，大家从未这样快乐过，他跑上楼梯，去他们的房间，钻到床底下。那根跑柱式棒球的球棒放回了原处，他再度爬出来，他在书架上找到约翰·斯坦贝克的那本书，是吉姆送他的礼物，可他还没读过，他走到窗边，一把推开窗，朝西丽喊道，你有什么想要的东西。我的日记，她大声说。他走到她的床旁，从枕头下拿出那本日记，他知道日记放在那儿，她知道他知晓日记的存放处。他从来没看过她的日记，虽然要看很容易。接着他回到楼下。

汤米走出屋子，手里拿着那根球棒，警佐说，不不不，那样可不好，球棒不能带，看在老天的份上，你是傻还是怎么的，他说，但汤米不肯松开球棒，警佐不想动手，不想在众目睽睽的马路上动手，怕万一他落败。嗨，汤米。你觉得带上那根球棒明智吗，吉姆问。我不知道，汤米说。也许不明智。但他不肯交出球棒。你们俩坐进去，警佐说，西丽上了车，汤米对吉姆说，明天见。明天见，汤米，吉姆说，别伤心。我不伤心，汤米说，然后他上了车。他把日记递给西丽，她接过，使劲按在胸口。谢谢，她说。我们去哪里，汤米问。你们去默克。西丽和我，我们将住在一起，对不对。你傻呀，警佐说，你们当然不在一起。你们两人分开住，你傻呀，他说，你难道不明白这道理，说着，他给车子挂上挡，缓缓起步，然后加速。

向前开出两三百米，约恩森从家里跑出来，那一幕颇为惊人，他的模样局促不安，行动笨拙，他直接走到碎石路上，双手叉腰，停在路中央。警佐哼唧了一声，踩住刹车。他摇下车窗。什么事，他问。约恩森走到车子一侧，他在想，我必须这么做，没有选择，这件事，我不能撒手不管，他弯下腰，手搁在车门上，朝开着的车窗里说话，我想收留汤米。什么，警佐说，不行，我们已经选好了别人。谁，约恩森问。警佐讲了一个名字。他红了脸。怎么回事，汤米在后座发问。不，不，那不成，约恩森说。

警佐隔着挡风玻璃，眼睛定定地直视前方。他深吸了一口气，慢慢呼出。我知道，他说。他向后一靠，仰头望着车顶。这一带有人有电话吗，他问。没，约恩森说，我的意思是有，赫伊兰自然有，约恩森一边说，一边指着再往前、隔了几户人家的地方。他刚装了电话，很快会有更多人装的，他们即将动工挖沟，他说。警佐摇摇头，突然，他感到疲惫万分，为什么偏偏是他处理这件事。他哼唧着下了车。妈的，他压低声音说。他把黑色的车留在马路中间，车门开着，发动机也没熄火，就往前朝赫伊兰家走去，同时把衬衫袖子放下来，拉至手腕，此时的他像换了个人，更像他熟悉的他，更像他们中的一员。毕竟，约恩森曾是他哥哥的同班同学。

汤米下了车，走到车子后面，站着，远眺他生来住的那间屋子。木匠已用木板封了一扇窗，准备要封下一扇。那间屋子看起来已面目全非，像瞎了似的，不是一个家该有的样子。他感觉想吐。仿佛整个人在空中打转。仿佛他正在坠落。我在坠落，汤米想，那真奇怪。我头晕得厉害。他蹲下，身体前倾，指关节抵着碎石路面。而后他吐了。我十三岁，他心想，秋天我就十四岁了，可他感觉不到任何年纪。随后他听见警佐从赫伊兰家回来。妈的，警佐一边走一边说，他哼唧了一声，像他经常的那样，他有一颗沉重的心，无论到哪里，他都怀着这颗心。汤米站起，走回车子一侧。约恩森正立在那儿。我和警察局长通了话，警佐说。他看了看汤米，他连眼睛也不眨一下。接着他对约恩森说，他可以暂时住在你这儿。等儿童福利署能找到别的人家为止。他不可以和你一起生活，你一个人独居，他必须由一户完整的人家收养，那是规定。你可明白，警佐说。约恩森不响。接着他说，行。你可以去拿你的包了，警佐吩咐汤米。汤米绕过车子，打开后备厢，取出他的包，然后走回去，把包放在路上，打开西丽一侧座位的门，她缩在角落，把日记紧紧抱在胸口。他探身进去。他们互相对视。喂，他说，她露出微笑。她暂时同我一起住在约恩森家，行吗，他高声问。见你的鬼，警佐说，你到底有没有在听，她当然不能和你住一起，你傻呀，他说，老天爷。没关系，汤米，西丽说，我会没事的。你确定，汤米问。你知道你要去哪里吗，他问。知道，西丽说，在你和吉姆回来前，他告诉我了。我去利德森家。行，汤米说，谁是利德森。我不知道他是什么人，西丽说。汤米直起身，抓着车门的门框不放。那明天见，西丽，他说。明天见，汤米。他关上车门，警佐上了车，发动引擎，他们开走了。

走吧，我们进去，约恩森说，汤米拿起他的包，他们朝屋子走去。

汤米·1966年

　　默克镇最大的特点是它可以无处不在。挪威有几百个名叫默克的地方，只要查一查挪威地图册，看看后面的索引，名叫默克的地方遍布全国。可无论有多少，默克是我们住的地方，是属于我们的默克镇，虽然事实上我们并不真正住在默克，而在更往东六公里外的一片居民区，房子整齐地排列在一条碎石路的两侧。但默克镇是我们必去的。商店、磨坊、车行都在那儿，对有车的人来说还有 BP 加油站，对上学的人来说还有学校，对基督徒来说还有教堂，妈呀，基督徒可不少。我本身是基督徒。我觉得我有基督教的情怀，也许不如吉姆那么虔诚，但除此以外，我还能有什么情怀。没别的了。以一到十来打分的话，我大概六分左右，最多七分，但这种事，我不浪费时间去想。

　　默克镇有个火车站，许多老人认为那是祸患之源，从奥斯陆来的各种不三不四的人在这儿下车，偷车贼、像女孩一样留着长发的男孩，教人无法区分。校车从我们住的那条路驶往默克，但此外没有别的公共汽车，那自然给跛足或上了年纪、气喘的人造成困难，可这里一向如此，假如你不赶时间，腿不瘸、背不驼，至少你可以花一个小时多一点，走路去默克。

当然，你可以骑自行车去默克，学校体育馆晚上有足球赛或集体组织看电影时，我们就是那么去的，或只到位于十字路口的吕斯布经营的BP加油站，在加油泵周围闲逛，无所事事。吉姆和我，有时加上威利，我们骑自行车，不一会儿就到了。

吉姆和我形影不离，我们始终如此，你很少能看见我们其中一人在路上独行，没和另一人在一起，不是吉姆的肩靠着汤米，就是反过来。这让街坊邻里的人难以理解，我们有着天壤之别，晚上回到家关上门，我们的生活截然不同，但我们从那些差异中学到许多，虽然很多人说物以类聚、人以群分，但这不适用于我们。

我的父亲失了踪，没有人再见过他，鉴于他那条不得不拖着走的断腿，他就那样消失不见，这匪夷所思。我们四个人自力更生地过了两三个星期。西丽和我承担起照料双胞胎的大部分工作，之后我搬去和约恩森住，在同一条马路更往北一点。我们是老朋友。他是个单身汉，年纪和我母亲相仿，他的家与吉姆家毗邻。我原本只是短期住在那儿，等儿童福利署制订出安置我的方案。可他们毫无头绪，不知该怎么办，于是他们就拖沓地听之任之。

双胞胎姐妹住在我们旧屋对面的利恩家。我们四人搬家那天，警佐开着他的黑色沃尔沃前来，同来的还有一位木匠，开一辆共产主义特色的厢型车，后面载着他的工具，他用木板封了窗户，在门上安了一根钢条，加一把挂锁。没有人事先通知我们，所以我们的大部分物品仍在里面。

利恩家从未有过自己的孩子，我估计他们的年纪当养父母略偏老，但我一直挺喜欢他们的，他们容许我每天和两个妹妹讲话，没说过一个"不"字。有时，我还进屋，坐在沙发上，一边一个小妹，当时她们六岁，头发扎成相同的马尾，唯一的区别是缎带的颜色，一个红色，另一个蓝色，我们一起看星期一放的电影，只要是儿童可以看的，多数是弗雷德·阿斯泰尔[1]或加里·格兰特[2]主演的黑白老片，有时主演是亨弗莱·鲍嘉[3]，影片里的世界与我们生活的世界毫不相干，每次荧幕上一有男人亲吻女人的画面，双胞胎姐妹便会拍手，她们互相对视，直笑得前俯后仰，可当然，她们什么也不懂。

　　西丽住在默克镇中心的一户人家，我对他们毫无好感，他们肯定也不喜欢我，他们说我是坏榜样，不仅对她有不良影响，而且在大家眼里皆是，他们甚至不准我靠近他们的家。他们姓利德森。倘若我从合作商店穿过马路，经默克机械厂和养老院之间的小巷，来到环绕他们家屋前花园的尖桩栅栏旁，那老家伙就会出来，到前门台阶上吼道：滚。

　　我不明白，儿童福利署为什么认为这是一户好人家，让西丽住进去。他们是那儿的模范基督徒，一定是这么回事，他们认识的每个人和他们一样，信奉基督教，他们共同在默克镇的人口中组成一个属于他们的阶层，除非迫不得已，否则他们不和别人讲话。他们甚至把西丽转到

1　弗雷德·阿斯泰尔（Fred Astaire，1899—1981），美国电影演员，舞蹈家。
2　加里·格兰特（Cary Grant，1904—1986），美国电影演员。
3　亨弗莱·鲍嘉（Humphrey Bogart，1899—1957），美国电影演员。

另外一所学校，距离这儿超过十五公里，往瓦尔默去，因此她换了校车，不是我们以前一贯坐的、从我们街坊出发的那班车。但我还是有办法同她讲话，晚上在合作商店和邮局后面，整个夏天，一周大概两次，那时白昼长，到了秋天，我在寒风和黑暗中独自骑车去默克，落了霜，你可以在柏油碎石路面上感觉到，自行车胎压出不同的声响，我能看见的唯一的光来自路边人家窗户里亮着的灯，还有挨着森林的农庄庭院里所点的灯笼，但这些均使道路显得益发昏晦不明。

我到了那里后，转入吕斯布的BP加油站，他还没退休，我等在那儿，把自行车靠在加油泵上。有时我到得早，假如那晚轮到他当班，我就进去聊会儿天，大多时候都是他当班。他认为那没关系，他喜欢我，我想，他不唠唠叨叨。他很清楚我为什么那么晚来这儿，对此他没有异议，我们相聚碰面，完全是天经地义，他说，看在老天的份上，你们是兄妹，为什么竟不可以呢，他没有向任何人提过一个字，我为什么要讲啊，他说。

西丽从家过来，穿过十字路口旁的小巷，我走出去，接过她的自行车，把它停在加油站后面，我们往下走，坐在通往湖边的斜坡上，那儿没有人能看见我们。这个过程像梦一般，我的意思是，她没有被关起来或怎么样。

西丽·1967年11月

不，我没有被关起来。汤米给了我那根跑柱式棒球的球棒，让我在需要时使用，别三思，他说，不然他会叫你吃苦头，我像他在我们大家一起住在旧屋时那样，把球棒放在床底下，但这家人的状况不同。我不必保护自己，无需用那样的保护方式，利德森不是那种人，不会在我淋浴时悄悄潜近我身旁，或当我准备上床睡觉时不期走入我的房间。但汤米想要照顾我，时常晚上过来，让我有安全感，给我慰藉，假如他认为那是我所需要的，可事实是，我能照顾自己，没有问题。那是一种新的经验。以前在家时，总是汤米和我两个人。

我们坐在合作商店后面的斜坡上，各占一块岩石，一年过去了，现在是秋季，天很冷，我们戴着帽子，穿着保暖夹克，我已开始抽烟，不在家时偷偷地抽，回家路上嚼着桃牌口香糖。我吐出烟和我冻成冰的呼吸，让它们飘过湖面，我说：

"等到了十六岁，我打算去当海员。"

他听了很不高兴，他说：

"你走了，我该找谁说话呢。"

"你有吉姆。"我说。

"没错，"汤米说，"我有吉姆，但我指的不是那个。"

"我明白。"

"我想要有自己的妹妹。"汤米说。

"我明白，"我说，"不过你有双胞胎妹妹啊。"

"嗯，是，"他说，"可她们有她们自己的一套，我在去约恩森家的途中从她们旁边经过时，她们只会微笑挥手，朝我打招呼说，嗨，汤米，然后重拾她们古怪的小游戏，那些游戏在我看来莫名其妙，我和别的邻居没有区别，接着她们跑进利恩家去吃晚饭。即便和她们坐在一起看电影时，我也只是个路人。不过她们生活得挺好。我想她们已经忘记家里有爸爸时的情形，真实的情形。她们甚至不记得妈妈了。"

"话说回来，妈妈离开时，她们还那么小。我自己也不太记得起她了。"我说。

"你当然记得她。"

"是，但我不愿想起。"

"当时是冬天，"汤米说，"圣诞节前夕。天哪，雪下得那么大。校车差点开不过那条路。你难道不记得了。我们每天都要反复铲雪，不让门口积起雪来。"

"不，我不记得那个了。"

"我全都记得，"汤米说，"一样也没忘记。"接着他沉默不语，我看不见他的脸，既然他不讲话，我也不讲话。我不知道该说什么。我干等着。我业已为他感到难过，因为我知道最后当他开口讲话时，他会说什么，终于他开了口：

"可没有我，你的日子怎么过？"

正是这句话。

"我不知道，"我说，"我大概可以应付吧。"我说，"你难道认为我会不行？"谁料他开始哭起来，他刚满十五岁，我说，哎呀，汤米，我一边说，一边伸出手臂搂住他的肩，把他拉向我，我说，哎呀，汤米，怎么了，汤米，可他不肯应我，我们坐在那儿，我用手臂搂着他，说真的，本当反过来才对，那是他来看我的原因，他是大哥，是掌舵的人，理应如此。可对天起誓，我以前从未见过他哭，等他止住后，他清了清嗓子，从坐的石头上起身。

"我有点累。"他说着，往黑暗中迈了两步，到山坡的高处，此时，我再也看不见他的脸，不知道他是什么模样。

"对了，我明天不能来。"他说。

"那就换一天，汤米，"我说，"没问题。"

"或许，星期三吧。"

"好啊，"我说，"星期三。我等你。"

"行。"他说。

他沿山坡往上走，没像往常一样等我，让我们可以手拉手绕过山顶的合作商店，穿过十字路口去加油站，在那里分道扬镳，我说：

"没有你，日子会很难过，汤米，"我说，"也许我做不到。"我说。我相信会有闪过的一笑，因为那是他想听的话，接着他会说，你做得到，西丽，你会过得很好，我相信你会，可就算他真的笑了，我也看不见，而且他什么话也没说。他只是一个劲儿地爬坡，转过合作商店的拐角，去加油站取他的自行车，也许吕斯布还在柜台后面，在店内的灯光下，他把车子从加油泵中间推出来，骑入夜色中，前面是六公里的漫漫长路。我从十支装、不带过滤嘴的软盒卡尔顿牌香烟中又拿出一根，坐在湖边的岩石上抽了起来，抽完后我站起来，爬上山。这时黑暗中的事物变得容易辨认了，每棵树卓然挺立，还有每块岩石，等我走到十字路口的路灯下，明亮的光线使我不得不闭上眼睛。

吉姆睡得不安稳，睡梦中，他翻来覆去，如同狗在狗篮里翻来覆去，想找个让身体安枕的姿势似的。他在哭，可他自己不知道。在深沉的睡梦中，他快死了。他绝望无助，他试图告诉她，他快死了，并向她解释原因，她忧心忡忡，简直令他感到安慰，仿佛他的死对她造成的冲击大于对他自己的，但他不知道他为什么快要死了，说真的，那不能给人安慰。他孑然一身。只是他快要死了。他知道，迟早有一天，她会走出伤悲，令大家惊讶，把他的死抛于脑后，忘得一干二净，或埋于心中，大小如一粒衬衫纽扣。

等他醒来时，他还是快要死了。结束了。一切都结束了。他把他可能有的未来从厨房桌上拂扫进桶里，拎着桶到外面，倾倒在树篱旁。他的人生下了半旗。他几乎直不起腰。他跪着匍匐前行，十字架沉重锋利，压着他的肩。我好渴，他想，他们只给我喝醋。

他睁开眼，仰头盯着天花板。梦里的他仍然住在默克。我的上帝，他想，那归因于主日学校。溪边那栋泛黄的小楼，人们称那湾溪水为潺川溪，春天，你能听见潺潺汩汩的水声，从关闭的窗户传进来，任何头脑清醒的人都想要出去看流水，蹚入利尔湍滩中，水没至他们的靴筒边缘，他们让水时急时缓地冲刷他们的手掌，直到几乎无法保持手掌不动为止。

他的母亲说，每周日上午的这两个小时大有裨益，在今后的人生中，他会回想起这间昏暗的教室，椅子靠墙，排列成马蹄形，在同一堵墙的另一侧，潺川溪没过堤岸，他会在课上寻得帮助与安慰，她的话很可能不无道理。但是汤米不来，他的父亲不准他来。他的父亲认为学的是无稽之谈。关于耶稣的整套东西。

在主日学校的教学楼里，法兰绒板用三条腿支着，立于墙角，上面贴了毛毡做的棕榈树、新月和使徒。行善的人[1]躺在下面的盒子里，准备行动，盒子里还有拉撒路，从坟墓里复生，生龙活虎，耶稣进入耶路撒冷，民众纷纷从家里出来，在毛毡做的他所骑的驴子前，用毛毡做的棕榈树枝盖住尘土。他是犹太人的王。他是大卫之子。尊贵荣耀的他，从橄榄山上下来，也许背朝东面，经通往杰里科的路，他缓缓骑下斜坡，穿过客西马尼[2]，不出数日，这儿将有重大的事发生，在毛毡做的虬曲的橄榄树与高大的柏树之间，他骑着驴继续朝城墙行去，朝狮门，或大马士革门，或是城镇另一端一扇完全是另一个名字的门，假如当时有这些门的话。这些城门。事情向着最坏的可能发展。几天后，他也将倒下，跪爬在上坡的苦路[3]上，坚硬的石板磨破他的膝盖，死神之吻仍在他的脸

---

1 出自基督教《圣经·新约·路加福音》。
2 耶路撒冷附近的一个花园，基督教《圣经》中耶稣蒙难的地方。
3 耶稣穿过耶路撒冷至髑髅地的路线。

颊灼烧，沉重的十字架擦痛他的肩膀，那一切，不过是为了三十银元[1]，我的上帝，我就只值那么点钱吗，他想，然而不是照我所愿，而是照你所愿，前一晚他对他的父亲说，这不是耶稣给自己设想的命运，他没想到要在这条狭窄的石头小径上匍匐前行。他当然害怕，谁不怕呢，吉姆睁着眼睛，在这个新做的梦里闪入闪出，随后来了一个人，想帮助耶稣，把十字架从他肩上卸下来，减轻他的负担，可能还想自己替他背一段路。这个接过十字架的人是古利奈人西门。经文上说，他是亚历山大和鲁弗斯的父亲，但谁在乎他们啊，他们做了什么，能在圣典里占得一席之位。你必须有真才实学，那是重点，吉姆想，你必须配得上才行，否则没有可参照的标准，一切将含混不清。但也许他们是朋友，西门和耶稣，也许耶稣在不久以前帮过古利奈人西门一把，或甚至专为西门施行了神迹，那是可以想象的，他们相互支持，如同汤米和吉姆，当他们坐在磨坊后面，或仰面躺在凹地里、不让人们看见他们时一样，一直持续到他们十八岁生日的那一年。

但事情根本不是这样。那个叫西门的人不会自愿帮助谁。我不为任何人冒险出头，他本可以说，像《卡萨布兰卡》里的鲍嘉一样。是罗马帝国的士兵强迫他扛起十字架，可谓是在枪口下，或确切地说，是用矛尖抵着他的脖子，从而使耶稣能完好地抵达各各地，抵达髑髅地，被吊死在两个盗贼之间的十字架上，而不是过早地丧命于山下的街道上，那才是原因所在。古利奈人西门甚至不是耶稣的使徒，不是选中的十二人

---

1 犹大收的钱。

之一，他不是被耶稣改名为彼得的西门，他也不是渔人，他来自乡野。平民百姓来自乡野，来自诸如默克这样的地方，他们总是行动迟缓，不情不愿，他们缺乏反抗精神，力求万全，只要能顺利脱身，名誉不受损，是的，即使失去名誉，他们也宁可扼杀一切威胁，于是你必须鞭策他们，那一向如此，必须对他们加以逼迫利诱。

不知何时，他从客厅的沙发挪到了床上。房间里的空气污浊，全是烟味，不止是他自己抽的烟，一团团浓密地蔓延到墙壁和天花板上，想要飘出屋去。他坐起来，嘴巴发干，脸也是，他转动僵直的双腿，踩到地毯上，走进客厅，朝阳台门步去。外面，冷冽的空气像个大个子，吹打在窗户上，伺机在他开门时被吸入屋内，同时烟味也被吸了出去。顷刻间，他的身体周围风起云涌，自然，他不得不赶忙回床上，钻到被子下，现在不再是早晨，另一个人的体味仍残留在床单上、枕头上，还有另一个人的头发。他曾如此确信，那会教人感到不悦，但其实没有。正相反。他仰躺着，望着天花板。他在脑海中搜寻她的名字，但仍一无所获。也许压根没提过。那未免奇怪。他必定说了他的名字，他必定报上吉姆，然后与她握手，过度弯腰，那是他在这类情形下惯常的举动，外加喝下了双份威士忌，所以她怎么会没和他一样，她怎么会没有打招呼、报出自己的名字。他合上眼睛。奥拉夫嘉德酒店的酒吧。那家大型酒店，看起来像迪士尼卡通片里的宫殿，不小心坐落在了一个寸草不生、饱受风吹的小山顶上，位于利勒斯特伦镇边缘的高速路旁，三条河中的一条从镇上流过，以不那么优雅的姿态，死气沉沉地流向大湖。这座小镇以前不过是个大村庄，刚刚兴起，提高了些许地位，那家酒店的名声不怎的，至少一楼的酒吧是这样，但常言道，在这种地方，你决不会空手离去，前一晚，他正是在那儿遇见她的。他能清楚回忆起他们离开时的情景。

他看上去不止五十岁，然而六个月来，他每周至少外出两次，光顾这一带或奥斯陆的餐馆、酒吧，进去，环顾四周，琢磨着，今晚我该睡在哪里，绝大多数时候，他的下榻处是一个他以前从未见过或说过话的女人的家，丈夫正好这个周末或哪个周末不在家，是前往汉堡的卡车司机，是在北海工作的钻塔工人，或她是你所谓的单身女郎，单身却不孤单，有一次，他千里迢迢来到一栋位于霍兰德的房子，地处海姆内斯区，在那儿的正南边，第二天早晨，他得以和她交谈了一番，那是个大意外，但他再也没见过她，虽然费了不少心思，可他找不到那栋房子。它就那样消失了。

他躺着，盖着被子，双手置于脑后，仰望天花板。他合上眼睛。会记起来的，他想，而且我可以打电话给酒店，或许不，或许我应该第七次开车去海姆内斯，继续在那儿搜寻。整个海姆内斯能有多少栋房子呢。想着想着他睡着了，复又醒来，想起，正是那个住在海姆内斯的女人。我曾试图向她说明我快死了。一个更显著的信号，我以前从未有过，他想，接着他又想道，今早在驶过庄园路时，那个黑暗中的男人，我怎么会恍然觉得他是我的父亲。大部分猛地记起自己父亲的人，构想的难道不该是一位更年轻的男子，一位更英俊的男子，一次非常特殊场合下的面容，留在回忆里，实际镌刻在脑中，无疑，你可以用X光看见那个印痕，假如一切按原来的剧本，那个男人会仍走在他们中间，一个如此贪恋自身完整和地位的男人，但将来有一天，他会不声不响地消失，也许出海去了，人们最后一次看到他是在别的大陆上，绕过一间仓库的拐角，在像上海那样的滨水城市，或是塞得港，或者，他死于一场惨重的事故，一次车祸，在E6高速公路介于耶斯海姆和克勒夫塔之间的路段，一次时速一百公里的碰撞；到处是照相机的闪光灯和救护车，还有警车，以及记者与摄影师不停的聒噪，这些人不放过地图上的这片地区，鲁默里克北部的每一寸土地，因此对遗留在世上的那个男孩而言，人生遭到扭曲变形，他可怜的双手空空，被夺走了他男子汉的样板，那个踢足球的男人，那个越野滑雪的男人，一个坚持立场的男人，决不低眉垂目，而是大胆地直视每个人。如今这个男人不见了，或死了，已然变成传说，这让男孩无所适从。然而，那个男人仍会以某种形式，藏在头脑的某个角落，可能在某些情况下陡然浮现，比如今早在驶过庄园路的途中。但在吉姆的记忆里，没有存下任何东西，在X光下什么也看不见，他头脑里的一切和往常一样，他从未有过一个那样的父亲，他压根儿没有父亲，于是，他生命中的这间空屋想必削弱了他，使他变得阴柔，原因很简单，他的成长过程中只有一位女性，既守护他又充当他效仿的榜样，她首先是一位公开的基督徒，是基督教民主党的成员，在地方选举中位居党内代表前列，她就在他所上的那所学校教基督教课。

　　吉姆不知道他应当思念谁，或是否可能思念一个他不认识的人，一个他从未见过、没有在他生命中留下痕迹、留下缺口、留下空白让他填补的人，他不知道他思索这一切时产生的心情是不是失落感，但有一点很清楚，汤米有吉姆没有的东西。汤米的父亲如你所愿，是有血有肉的，女人没有一天不看见他扛着垃圾箱，在路上跑来跑去，男人和他一起进行粗野的比赛，但另一方面，汤米受他的虐打，所以固然没有什么可哀挽的。没有人打过吉姆，目前还没有。他的母亲不打他，她不相信体罚，她不想责罚她自己的儿子。

他下了床，走去厨房，他看见那儿的门上有一口钟，鼓起，像水母似的在颤动，噢，天哪，这下我有麻烦了，他大声嚷道，在厨房门口转了个圈，转而跑进浴室，冲进淋浴间，在里面站了足足三分钟，任冰冷的水浇在头上。他又看了一眼钟，另一口钟，隔着水蒸气，那口钟走得比厨房的钟快不少，最后变得像达利笔下融化的钟，挂在镜子上方的墙上，每天早晨，他在那儿凝视自己克服千难万阻，坚持活下去，在他不去桥上的日子把电动剃须刀举到脸旁。现在他的血液里没有一点酒精，今早估计也没有很多，他不相信自己会在埃内巴克林区或在去海于克托的路上被截停，丢了驾照。他跑进走廊，穿上他破旧的双排扣厚呢短夹克，迅速把纽扣按进扣眼里，又以同样飞快的速度解开，念道，看在上帝的份上，这件夹克全是鱼腥味，它怎么会挂在这儿，挨着那些贵重正式的衣服，究竟是怎么回事，他念道，我在想什么呢，他一边念，一边取下另一件外套，确切地说是件大衣，灰的，毫无特色，没有一点污渍，他只穿过两回。接着，他匆忙走向楼梯，下楼去地下二层的车库，进了他的车，开出来，迎着日光，驶下第一条长长的坡道，然后连续下坡，往三条河中的一条、往利勒斯特伦的方向行去。天色已经不早了。

他把车停在火车站旁，靠近南面轨道的一侧，那儿的停车费是二十四小时二十五克朗，找不到更便宜的，然后他沿着铁轨走，绕过那栋里面是健身中心的砖砌建筑，健身中心名叫SATS。透过窗户，你能看见健身脚踏车和一具具流汗的身体，穿着紧身训练服，他继续向前走进候车楼，经过纳维森连锁便利店，经过通往楼上八号至一号月台的楼梯，再经过另一端的又一家纳维森连锁便利店，从火车站面向利勒斯特伦市中心一边的门走了出去。

他在艺术中心旁的弯道上左转，走到闹市街。路上寒风凛凛，不过利勒斯特伦始终比鲁默里克的其他地方更冷、风更大，这儿的风潮湿、发黏，贴着你的皮肤。

他从闹市街走进利勒斯特伦市购物中心，穿过旋转门，刚一进门，左右两边还没出现林立的店铺，他在通往楼梯和电梯的门前停住，站在那儿等候。墙上有块指示牌，各项说明里有一条：社会保障署，三楼。我必须上楼，他想，我没有选择。可他没有去开门。他看了看手表。还有一刻钟。他朝购物中心里面走去，乘自动扶梯到地下一层，那儿有在营业中的面包店，他向柜台后的女士买了一块糕点，站着吃了，等他再看手表时，只剩五分钟。他乘自动扶梯到一楼，然后朝电梯走去，按下按钮，电梯就在一楼，到了三楼，他走出电梯，一眼认准该走哪个门，他以前来过几趟，他没有敲门，直接走了进去。

汤米・吉姆・1970年

　　午夜已过。之前是星期四，现在是星期五了。他们从主路拐入岔
道，继续朝道口旁的碎石路走去，那儿自古以来都是奶桶集中站，他们
参加完威利家的派对，正步行回家。威利搬去了别的地方，如今住得离
默克镇更近，是一栋独立式的房子，在一片什么也没有的平原上，既无
田野，也没草场，奇怪的是，竟没有人去开垦。

　　威利父母双全。在吉姆和汤米小的时候，他们认为父母双全是异想
天开，至少有一段时间他们这么认为，后来他们发现，就常态而言，大
多数人都父母双全。吉姆还有他的母亲，汤米无父无母。他有约恩森，
但约恩森也只是一个人，全靠他，汤米才没有脱缰。倒不是说那是件多
了不起的事。此刻他们走在夜色中，微有醉意。不是醉得很厉害，只是
醺醺然。他们一边走，醉意一边慢慢减退、消失、化解，像落空的希望，
飘散在树木间，接着，走直线变得容易起来，那是五月，他们不难看清
面前的路，但那称不上是光。你若夜里出门，站在屋子的拐角旁，等待
某人从树林中走来，某个你熟悉的人，你爱恋多年的人，必须等她走得
很近，否则不易瞅见她的身影。但眼下，要走的路不远，只有一公里，

也许更短，他们将经过斯莱滕的家，那是进入这片居民区时整排房屋中的第一栋。你能隐约看见他屋外照明灯的光，接着是一个转弯，灯光不见了，然后灯光再度出现。

在威利家，大家喝着啤酒，吵着该放哪张唱片，三两个从瓦尔默过来的少年随身带了烈酒，装在发亮的小扁酒瓶里，那是他们的父亲在他们穿过走廊、准备出门前给他们的，或更可能是在门口的台阶上，以免让他们的母亲看见，至少在瓦尔默，这是相当正常的事。尽情玩吧，父亲们说，年轻人是该那样。只要看在上帝的份上，别随身带刀。他们从不随身带刀，那样的日子已成过去，哎呀，若有刀，就也会有旧时的跳舞和探戈，虽然如此，但还是闹出了乱子，一个花瓶砸碎了，一个很漂亮的古董花瓶，上面绘有汉字，是威利母亲的心爱之物，喝醉了的威利一下子大哭起来。我永远不可能像你一样，他喊道，我永远不可能像你一样，这话固然没错，但吉姆说那不要紧，威利，他说，那不要紧，这不是值得奋斗的目标，吉姆说。后来，三两个男孩一心想打架，汤米插了手，近乎拎着把他们分开，总之，没有女孩的派对算不上真正的派对。为什么没有女孩，合作商店的温妮为什么没来，她每次都来，汤米在追求她，尽人皆知，学校的托内为什么没来，雷敦为什么没来，威利到底怎么想的。时间到了午夜，吉姆和汤米对视一眼，放下他们手中正拿着的不知什么东西，告辞离去。

走到屋外的台阶上，他们在美妙的露天里驻足了几分钟，那是五月初的夜晚，啊，这空气真爽，已经一个星期没有下雨。吉姆想卷根烟，可他卷不起来。烟草丝从他指间掉落，卷烟纸在屋门上方照明灯昏黄的光线下颤动。

"妈的，"他说，"我卷不起来，"接着他大笑，"我卷不起来。"他笑道，又试了一次，可还是不行。"噢，妈的，见他妈的鬼。"他大笑道。

"把烟袋给我。"汤米说。可他也卷不起来。他不抽烟，但他很会卷烟，他时常卷出品相完美的烟给吉姆，但此刻，他也不行。

"天杀的，"他说，"我卷不起来，"接着开始大笑，"我怎么可能卷不起来呢，"他说，然后他放弃了，说，"我们别待在这儿了。烟，你明天可以抽。"说完，他们迈着不太稳的步子，走下威利家门前的台阶，来到马路上，此时他们近了，他们快到家了，他们能从树林间依稀看出斯莱滕家的灯亮着。

在马路一侧，靠北的那侧，他们看见电话公司为铺设新电缆而正在挖的沟，那将使这片街坊的每户人家都能装上电话，一台产自布吕尼市、车身上骄傲地印着布鲁伊特车标的挖掘机，形单影只地停在桦树下，此时无人操作，静悄悄的，各个接头僵住不动，铲斗颓然地搁置在草地上。不过布鲁伊特挖掘机无法伸入每个狭窄的角落，所以有鹤嘴锄靠立在沟边，一副令人意外的被遗弃的姿态，铁制的锄头，一端尖一端扁平，便于对付这类满含石头和砂砾的土壤，比如这片街坊的土壤即如此，沟里还立着铁锹和爪耙，也都一样静悄悄的，像被遗弃似的，靠在相同的沟壁上，等待几小时后有人前来，电话公司的工人。他们每天起得很早，有时他们一边唱歌，一边沿沟道从卡车后面巨大的卷轴上拉出长长的电缆，站在信箱旁等校车来时，听见他们的歌声，令人心情愉快，大家都惊奇，不会唱歌的人，怎么和别人合唱时就会唱了，先由一人领唱，然后其他人跟着唱和起来。

他们沿着沟，一路走到工人下午五点回家时停工的地方，他们会在第二天早晨六点半继续前一天的工作。那儿离第一栋房子、斯莱滕的家不远，大概三十米左右。他屋外的灯亮着，射出雪白的光，照到沟上，恰是他们所站之处，但除此以外，一切都灰蒙蒙的看不真切，像布满雪花点似的，天还没亮，离早晨尚早。那是一处窄道，没有挖掘机能深入，所以沟壁上同样靠着鹤嘴锄、爪耙和铁锹，这一端需要完成的工作必须全靠人力完成。汤米和吉姆走过去，站在沟边，向下望。沟壁亮铮铮的。汤米转身，面朝吉姆。

"你的酒是不是还没醒？"

"我觉得醒了。我没有醉醺醺的感觉。"

"我酒醒了。"汤米说。他又往下看了一眼。"搞什么鬼。"他说着，蹲下，一手撑地，探身一跃，跳进了沟里，站在沟底，沟道亮晶晶的上沿差不多到他胸口。他抬头看吉姆，大笑着说："哎，可能还有点醉意。"

吉姆也跟着大笑，说：

"是，也许有一点。"说完，他也向前倾身，一只手平按在地上，一跃跳进了沟里，落地时咚的一声，膝盖弯曲。虽然久未下雨，但沟边有露水，湿湿的。假如用手抚过那些边缘，小石子和砂砾会粘在你的手掌上。

"好，我们开工吧。"汤米说。

"没问题。"吉姆说。汤米操起离他最近的那把鹤嘴锄，两腿分开，面朝沟的尽头站立，他抡出高举过他肩膀的鹤嘴锄，扁平的一端朝下，吉姆操起一把爪耙，站着待命，第一次，汤米竭力把鹤嘴锄挥得最高，让锄头劈入侧面，泥土和石子当即泻落到沟底，堆积在他的两腿间。接着他又挥了一次，再一次，泥土和石子不断落下，他凿砍的力度从上至下作用到整个侧面，砂砾和小石子，还有大一点的石头如雨点般坠落，在汤米的两腿间滚动、堆积，他一个劲儿地干着。在抡了十或十一次鹤嘴锄后，汤米的两腿间已经堆起一大堆土石，吉姆站在他身后几步远的地方，这样鹤嘴锄不会打到他的头。但汤米一停下休息，吉姆就拿着爪耙过来，以大幅的动作，把那些碎石往他的方向耙，清出空间，让汤米的腿有立足之地，吉姆耙走掉下的所有东西，沿侧壁把地刨得干净平整，不留下一丝痕迹，和沟的其余段落一样，这段的底部也是平的，看上去真漂亮。接着，他们俩各抓起一把铁锹，从相反的两端对付先前他们积起的一大堆东西，把那些泥土、砂砾和石子抛到各自一侧的沟外：汤米往北，吉姆往南，由于沟挖得很深，他们必须非常卖力，很快，他们感到疲惫不堪。但他们还是没有停，渐渐地，在挥锹铲土的过程中，找到动作节奏变得容易起来，实际有效的解决方法是现成的，就藏在劳动中，藏在那些特定的动作中，只等其自动现身，等他们的手和臂膀意识到那一点。他们感觉到那个方法的来临，他们往那个方向靠拢，进入状态，让身体跟随每一下动作而摆动，先是铁锹的尖头插进土堆里，接着后退一步，举起双臂，转九十度角，直至铲子越过沟的边沿，停住，把铲起的那团东西抛飞出去，铲子凭其自身的重量和速度完成一半的工作，他们的腰完成分内的工作，这一点，是从劳动本身中习来的，而不是来自于从出生那天起用来储存这些知识的头脑的某个特殊部位，每一铲，每一次腰部的转动，平衡了身体各部分的负荷，没有一处是孤立地承担工作，整个身体甚至不愿停下来。

"你还行吗？"汤米问，"你撑得住吗？"他问。吉姆说：

"当然，你撑得住，我就撑得住。"汤米大笑着说：

"哎呀，这实在太好玩了。"接着他问："有没有谁家的窗户亮了灯？"吉姆直起身，左右张望，然后眺望路的尽头，家家户户的窗都是暗的，只有屋外的那排灯亮着。

"全是黑的，"他说，"至少看窗户是。"

"好极了。"汤米说着，又开始凿砍起来，新一轮泥土和砂砾的滑坡，石头滚落至他的双腿间，他一下接一下地挥舞鹤嘴锄，不愿停下来，他的腰下沉、屈曲，再直起，他弯腰，俯身，直起，他的胯骨里仿佛装了滚珠轴承，他的腰下沉、屈曲，直起，每抢一次锄头，砂砾接二连三地滚过他的双腿间，石头塌落下来，他的腰下沉、屈曲，直起，吉姆拿着爪耙在他身后，一个箭步，以大幅、急切的动作，把那堆砂石朝他的方向耙去，直至积聚成好大一个土墩，他用到手臂和肩膀，也用到他的背，将沟道四周耙梳得干净平整，接着换成铁锹，他们把砂石高高抛到沟外，铁锹在新近一大堆砂石落下前插入土堆里，没错，他们的动作就是如此迅捷，忽然，吉姆站直身子说：

"我们可以像电话公司的人那样来唱歌。"

"别停，"汤米说，"我们会全身僵硬的。"吉姆俯下身，把铁锹插入土堆里，铲起砂砾和石子，他说：

"没错，但唱唱歌会起到很大帮助。"

"我们可能吵醒人。"

"我们不用唱得那么大声，只要能有助于我们挖土就行。我的意思是，我们在沟里面。横竖不会有人听见我们的。"

"好。未尝不可。不过，必须找一首真正适合的，"汤米说，"否则只会乱了套，我们会失去节奏，感到疲累。"说完，他们苦思冥想起来，他们一边用力把砂石抛到沟外，身子下沉，让腰屈曲，铲起满满一锹土和碎石，重心往下一压，让土石飞出更高的弧线，一边时刻不忘琢磨哪首歌会合适。他们试了几首披头士乐队的歌和一首冬青树乐队的，但他们找不对节奏，于是乱了拍子。汤米说：

"不行。这只会乱了套。"

"嗯，兴许是，"吉姆说，接着他又说，"听听这首。"说完他开始唱起来：

无论你走在荒野山丘的什么地方
是冬日的白昼，还是夏日的夜

他把铁锹插入砂砾堆，旋转身体，铁锹的位置与膝盖等高，他将砂石往沟外抛去，向上越过边缘，可以，只要别唱得太快，节奏完全吻合。汤米说：

"不，不行，我们不能唱爱国歌曲，万一被人听见，丢脸死了。"

"不会有人听见的，"吉姆说，"我们是在沟道里面唱歌。"说完他们唱起来。他们在沟里唱着《红白蓝的挪威》[1]，虽然很小声，但音量仍足够，最终，当他们不感到丢脸后，那节奏立刻真的使他们干得更加有劲了。

后来他们精疲力竭。他们再也举不起一锹土石，举不起鹤嘴锄。他们的膝盖颤抖得如此厉害，不靠着东西几乎难以站直。他们爬出沟，坐在沟边，腿悬荡着，检验他们完成的工作。他们喘着粗气，呼吸急促、断续，环顾四周，天亮了，但还没有人出来在门口的台阶上，没有人听见他们唱歌。斯莱滕家的厨房亮了灯。吉姆取出烟袋，卷了一根烟。他的手哆哆嗦嗦的，但不知怎的，这回他卷成了，他点燃烟，尽力深吸了一口，然后吐出，面露微笑。他们互相对望，汤米说：

"我若抽烟的话，现在也想来一根。看把你美得。"

吉姆大笑。

"话说，我们干了多少。"他问。

"我们来瞧一瞧。"汤米僵硬地站起身，"哦，见鬼，我是动不了，还是怎么的。"他说着，艰难地走到电话公司员工前一天停工的地方，吉姆和汤米从那儿接手，他步测了该点到刚刚几分钟前他们俩结束挖掘处之间的距离。

"大约五米，"他说，"不少于五米。"这听起来也许不多，但其实挺多的，汤米自豪地说，"不错，我们是劳动模范。我们应该荣获奖章。"

1 这是挪威一首著名的歌曲，诞生于1941年挪威被占领时期。

吉姆接话：

"在苏联，工人如果干活非常努力，会被授予奖章。至少在三十年代，他们有奖章。干得最棒的获奖。叫作斯达汉诺夫奖。那可是莫大的荣誉。"

"你怎么知道的？"

"我知道的东西多了。"

"那倒是。你的确知道很多。"

"一点没错。"吉姆说。

"嗳，既然如此，我们才不要那些鬼奖章呢，"汤米说，"没奖章我们也做得到。"

忽然，他们听见柴油引擎的轰鸣声从马路一头传来。吉姆看了看手表，起身，把烟蒂往沟里一扔，说：

"汤米，我们走吧。"汤米站起身，他们在载着工人的卡车转过弯道前离开了那儿。他们走到斯莱滕家的屋后，从后面沿那排房屋前行，那儿对着的是客厅和柴棚，还有一间温室，镶了框的玻璃，每三块里有一块被人砸碎了，每天这个时候，位于房屋这侧的客厅里没有人，起来的人此刻都在前面厨房。就这样，他们俩走在左边是房屋和家庭菜园、右边是凹地的路上，穿过原野，他们看见白桦林和那个差点淹死洛博的池塘。如今这条狗死了。从默克镇下乡来的兽医给它打了一针。老天爷，他说，我们只能送它上路，这拖得太长、太久了，这种情况，我应该早点来才是。他说的有几分道理，洛博已不会走路，吃东西时几乎站不直。

所以别无他法。不过这是几年前的事了。

"你记得洛博吗?"吉姆问。

"当然记得。"汤米说。

"我记得是你把它从比约克鲁德池塘里救起,所以它没淹死。事后大家议论纷纷。你的母亲在场,是吧。人们好奇,她怎么没去救它。为什么非要你去不可。"

"我母亲不会游泳。"

"但大人能踩到池底吧。"

"我知道。"汤米说。

"你那时才十岁。你踩不到底,你必须游泳。"

"我知道。"汤米说。

"我知道你知道。我不会讲出去的。"

"不,没关系。"汤米说。

此时他们快走到那排房子的尽头,这不在他们的计划里,他们没打算去那儿,他们参加了威利家的派对,仅此而已,结果冷不防,他们来到以前是贝里格伦家的那栋房子旁,站在屋后,窗户仍封着,用的就是那天木匠钉的木板,那个开着红色厢型车、车身上绘有一把黄锤子的人。据他们所知,自此连门把手也没人碰过。那离约恩森家不算远,只有几百米,但汤米一直没来过,已经四年没从贝里格伦的房子旁走过。坐校车时,他可以透过车窗看见那栋房子,但每次经过,他总是把目光转开。

他们从原野边钻过蔓生的灌木丛，踏上贝里格伦家屋后的石板路。汤米父亲以前常坐着抽烟的那把椅子仍在原地，但此刻你不会想坐上去。他们走到窗户旁。那些木板已开始腐烂，出现裂痕，钉了钉子的地方已松脱。那是些劣等木板。汤米伸手用力拉动其中一块。没有人会看见他们在这一侧，这个时候，屋后没有人，只有他们俩和弥漫在原野上空的寂静的薄雾，还有那片凹地和白桦林，但看不见池塘。他们能清楚听见街区另一头柴油引擎的声响，可那不再与他们有关。他们几乎没想过，电话公司的人到了，看见他们回家睡觉期间发生的变化，会有什么反应。不过挖沟的事已成过去，他们不惦记在心上。汤米使劲拉动一块木板，钉子松脱，他整个人猛地向后一挫，手里拿着木板，差点摔倒。他扔掉那块木板，走回去，直接从窗户上又扒拉下一块，接着又一块，那一点不难。

"妈的，什么破木板，"他说，"那个木匠小气吝啬，那是肯定的。"那位木匠在默克镇从业了两年，后来走了。大家说他有政治倾向，所以不给他很多活，但他可能不是。不是人们以为的那样。他只是不肯把他的厢型车漆成别的颜色。

又卸下两块木板，这下整扇窗露了出来。他们凑上前。太阳正从东面升起，而他们所在的屋后位于西面，所以不容易透过肮脏的玻璃窗看清屋内，但里面不完全是黑的。现在不是。一切和以前一样。过去了四年，但感觉久远得多。他们已不是往日的他们。汤米不是。发生了各种各样的事。时过境迁。那时的他十三岁，现在他十七岁，即将十八岁。那几年是世上最漫长的时光。他不知该作何感想，但他知道，今天他们站在那儿不是偶然，他终究会来这里，甚至可能是盼着要来，当他真的来了，他不会无动于衷，他会透过窗户张望，像他现在这般，看见某样他能带走、陪他迈入未来人生的东西，某样恰好直到那一刻他才明白对他意义重大的东西，前提是，他等待的时间得够久，不要太早来这儿。那是他曾经设想的。他身体前倾，额头贴着玻璃，吉姆同他一样，他们这样伫立了一两分钟，没有讲话，向内张望。接着吉姆说：

"里面看起来像在玩过家家。"

那么讲不免奇怪。但事实如此。汤米一眼就看出来了。屋内的一切和谐完美到近乎不真实的地步，不受干扰，不可干扰，一切各就各位。椅子摆在电视机前适当的位置。茶几上那堆折好的报纸叠得整整齐齐，不多出一个角。一切虽然覆了尘，但清清爽爽。墙上的几幅画互相齐平。赞恩·格雷的小说排列在书架上，没有一本凸出毫厘，书脊间天衣无缝，仿佛是成套买来，摆在那儿哗众取宠的。他们对一切曾如此一丝不苟。没有一件衣服丢在地上，角落里没有一样玩具、一个球。一切旨在和以前不同。为的是让那地方看起来像个家。汤米、西丽和双胞胎的家，两个大孩子、两个小孩子，若有人上门来，他们会立刻发现一切井然有序，无需打电话通知任何人，通知警察或儿童福利署，这儿住着一户小儿之家，他们能自理生活，那样便不会有人去打扰他们。汤米、西丽和双胞胎。但现在，可以如此轻易地看出，当时他们根本不知道自己在做什么，吉姆说得对，那看起来不像一个家。那像在玩过家家。

汤米直起身子，后退了两步。他在裤子上擦了擦手。他闭上眼睛，擦去粘在额头的脏东西。他重新睁开眼。那与他曾经想的不一样。他不该来这儿的，他应该再多等些时间，但现在为时已晚。

　　吉姆也直起身子，往后走，站在汤米旁边，闭上眼睛，擦去额头和眉毛上的灰尘与污秽，他打了两个喷嚏，然后说：

　　"这间屋子需要吸吸尘。外面这一圈。你觉得呢？"

　　"觉得什么？"汤米问。

　　"我们现在怎么做？"

　　"不做。"

　　"得。什么也不做。"

　　"把这整间鬼东西烧了吧。"

吉姆·2006年9月

2005年

我走进社会保障署，小心关上身后的门。我觉得厅里的灯光有些异样，一种不同寻常的白，刺得人难受，但我一般不在室内戴墨镜，那对我的情况没有帮助。我站着，看了一遍摆在里面的桌子，好几个人，都是男的，坐在那儿俯身填写要求他们填写的表格，有几人的笔正对着那页纸悬空，一动不动，靠墙有一排电脑，供来访者使用，再往里瞧，一张办公桌前，半坐半站着一位男士，正在拼命试图向面朝他的那位女士解释一项非常重要的事，那位年轻的女士看似没有心软，他局促不安，目光往两边瞟来瞟去，看有多少人能听见他在讲的话。我想，这一年过得真快，我搞不懂是怎么回事。时光的来去多么缓慢。每一秒都是煎熬。从我站的地方回首——此时，此地，在这层楼的中央，我能记得的，几乎就是那些我从奥斯陆的这边开车、经埃内巴克的林区、到另一边去钓鱼的夜晚，在莫斯公路近旁，从连接乌尔夫亚岛和大陆的桥上钓鱼。我不记得第一次去那儿是什么时候，为什么，那是实话，但我能毫不费力地记起"货柜"约恩和今早天只亮了一半时他戴的那双教人惊讶的红色、近乎粉红色的露指手套，还有他钓组上若隐若现、有二十个锃亮的三头钓钩的钓线，以及我们交谈的每一句话、我钓到的每一条鱼。不是说我们讲的话很多，或我钓到的鱼很多。我没有失忆，事情不是那样。我能毫不费力地记起我的母亲，一直到她死的那天，我也清楚记得，我不知道我的父亲长什么样，却仍觉得我见过他几回，比如最近一次，就在几个小时前，在从亚恩下山去峡湾的途中，在庄园路上，那不只匪夷所思，因为即便有人，无论何时何地，有过一张我父亲的画像、照片，放在家中的盒子或相册里，或抽屉的底部，他们也不曾给我看过。我只能去见精神科医生，医生告诉我，我太快把发生在我身上的事从记忆中清除，即使是最重要的事，他说，我不把这些事铭记在心，那对我无益，他说。没错，我说，嗯，我想也是，但既然如此，前不久，我怎么会获得奥斯陆图书馆的这个领导职位，假如我把到那天为止发生在我身上的一切，从记忆中抹除得太快的话。我一定还是记住了些东西的，我说，否则不会有人信任我，任命我，我说，因为假如我人生中学到的一切毫无用处，而更像是空壳，那么没有人会雇用我，诚然，那显而易见，我说，对此他回道，他不是那个意思，我说，我清楚。可接着他说，或许那正是我想讲的。因为，你自己看吧。

　　当然，他不是傻瓜。

　　自从请了病假后，我没去过我的办公室，我只干了三个星期，因而我感到羞愧，那大概是我不去的原因。那儿没有和我关系亲近的人，没有我想要或可以吐露心事的人，我对他们谁也不了解。老实讲，我根本不愿去那儿，那是真的，我不曾用心，我一直未找对方向，从后视

70

镜里，我能看见自己已行出太远，每个我见到的人，对我而言都是陌生人。

我必须每月见一次我的上司，评估我的规划，以及如果可能的话，我们可以做些什么使我重返工作岗位，但那令我们俩都觉得尴尬，最后，我只是到他的办公室签个到，在记录上写下我来过了，然后再离去。幸好那是在另一栋楼，离我自己的办公室很远。

第一次出事是我在走廊穿鞋子的时候。那是清晨。我一个人，我过着独居的生活。我正准备去上班，就是这份工作，才干了三个星期，那仍给我新鲜感，我必须开很长的路下山，去位于山谷底部的火车站，那里太远，不适合步行，而后我把车停在候车楼后面的背光处，随人流进站，赶乘去奥斯陆的火车。在交通高峰期开车去市区，那太不明智。可结果，突然间，我无法呼吸，一头栽在墙上，墙上的衣钩上挂着外套，至少有两件被我拽了下来，哗啦一声，我的身体倒在鞋架上，鞋架后面插着一根很长的塑料鞋拔，像矛一般击中我的肋骨，我痛得差点开始哀嚎，那些日子，我在一个人的时候经常哀嚎，说真的，堪称十分频繁，那样已有一段时间，我不知道原因，但这一次，我没发出声响。我依旧无法呼吸，我自然害怕起来，寻思这是生命的尽头，可转眼，我喘过气，空气突然间又嘶嘶进入我的肺，肺顿时膨胀，我的肋骨像中了一刀。天哪，那可真痛。我的太阳穴一跳一跳，身体仍躺在鞋架旁的地上，我勉强从外套口袋里掏出手机，打电话给那个和我有过一段婚姻的女人。在一切宣告结束的那天，她曾说，我以为我们会一起变老。没门儿，我用叛逆乃至幼稚的口吻回道，因为我感觉受了无可估量的伤害。但此刻，我轻言细语，埃娃，我倒在地上，出事了，你必须帮我，我轻言细语，埃娃，你能帮我吗，求求你，她立刻挂了电话，我想，过了这么多年，她真仍那么怀恨在心吗，可接着，几分钟后，她回了电话，说她与中央医院的一位医生联系过，医生要我绝对保持镇定，不要胡来，所以看在上帝的份上，老实待在原地，别动，埃娃说，我说，原地是个鞋架。没错，她说，假如你压到的是鞋架，就压着别动，最后，在挂断电话前，她说，行，那么祝你好运，吉姆，感谢你给我的回忆。

不到二十分钟，黄色的救护车抵达，转入大楼前的步道，他们把我抬上担架，开车带走。

当然，等到那时，我可能已经死了，但在医院，他们没有发现任何毛病。我确信我是中风，至少是脑部的某些损伤，或心脏病发之类的致命情况，若没那么严重，那大概是感知方面的问题，可医生怎么也查不出我有任何病症。只怪那根鞋拔。还有一点头痛。那位医生很年轻，我想，他也许没有经验，可他坚持他的诊断结果，因此实在没什么可争论的。当然我也放了心。在一定程度上。我不会死。可老实讲，我有种被骗的感觉。回想之前发生的事，那相当惊险，至少就我而言是，所以我肯定患了重病才对，某种估计需要治疗的病。但医生不那么认为，他说，这可能是一次偶发事件，原因也许很多，但无妨：一次意外的神经收缩，或一块肌肉跑错位，多半不会再发生。

但偏偏就有了第二次。仅几天以后。由于肋骨疼，我请假在家休息了三天。虽然骨头没断，但依旧痛得不可思议，一点办法也没有。第四天上午，我振作精神，在早饭后吃了一粒止痛药，复方可待因，照我该做的，出门，把车停在山谷下的车站旁，赶乘去奥斯陆的火车，那真倒霉透顶，发病时正是在上楼的电梯内。在上到第三层和第四层之间，我开始大口喘气，站在我周围的人转过身来看是怎么回事，当我跪下时，他们全都后退，紧贴着电梯壁。电梯里想必有六七个人，他们全都吓呆了，没有一个人对我或对他们中的人讲一句话。场面窘迫。我咬紧嘴唇，努力停止大喘气，但完全做不到，接着，空气断了，我像上次那样瘫倒。会缓过来的，我一边向地上倒去一边想，诚然我是缓过来了，三十秒后呼吸恢复，我猜，当我吸入空气时，那听起来有点怪，因为声音很大，一个男的用拳头敲了一下控制板上的红色按钮，电梯骤停。其他人向四面倒去，而我已经在地上了，我们卡在五楼和六楼之间，那个按钮显然不对，他应该按报警，不是急停，现在我们该怎么办，夹在两层之间。

我缓缓起身。先撑起膝盖，然后站起一条腿，接着另一条。我在艰难地呼吸。当我站直身子时，电梯又动了起来，在六楼停下，然后是七楼。最后几个乘客下了电梯，包括我，但没有人在走出电梯时与我对视，我也没看他们，原因是，我看不见东西。等电梯空了后，我重新走进去，半瞎着，按了一楼的按钮，到楼下大厅入口时，我的视力恢复了，我已感觉好了一点。

走去中央车站的路不远。我从一台售票机上买了票，竖起衣领，跌坐在角落，我的下巴埋在最上面的纽扣底下，我意识到，我可能永远无法再去奥斯陆图书馆上班，那份工作，几乎还没开始就已结束，如今我该何去何从。我毫无头绪。

　　回到家，我把自己锁在公寓里，拿起电话打给我的医生，向他说明刚才的情况。该死，那听起来很不妙，他说，并答应我，他会寄一张病假条给有关部门，同时抄送一份副本给我，此外，我必须尽快抽时间去他那儿看诊。好的，我说，我会，我马上过来，我说，我放下电话，脱了衣服，走进卧室，上床，连续好几天，近乎一个星期，卧床不起。我基本什么也不吃。直到有天早晨，一个人来敲我的门，使劲按门铃，按个不停，我才起来。我不想起床。我想继续保持昏昏欲睡的状态，那种半死不活的感觉实在教人欢喜。可我还是起来了。我花了很长时间穿好衣服。当我终于穿过走廊去开门时，我深信那个按门铃的人已经去了隔壁，可他没有。他的身后有一辆报童用的那种手推车，我以前见过，在他们一大清早出来卖报时，我因为睡不着，站在窗口，盯着外面发呆，看见他们往山下走来，身后拉着这种小车，此前在公共汽车站，一捆捆扎得又厚又紧的报纸从货车上扔下来，那辆货车连停都不停，一边开着推拉式的车门，一边只顾继续向前行驶，路上除了报童以外，尚不见一个人。

　　那辆推车里有几箱东西。他是卖书的。我问他卖什么书。他说，迈格雷系列，乔治·西默农写迈格雷警长的侦探小说，发生在巴黎，第十一区，他说，假如我知道区是什么意思的话，我说我知道，我去过巴黎好几回，参加会议。他打开推车上的一个箱子，给我看那些书，十五卷，蓝色封面，每卷里包含两部小说，书脊上印着烫金的字。我问一共多少钱，他说五百克朗。我当即买了下来。我从皮夹里抽出一张五百克朗的纸币，感谢他卖这些书给我，接着关上门，进屋，把迈格雷系列丛书放在床旁的地板上，然后重新钻进被子。到周末时，我把那些书全看完了，我起床，把书放回箱子里，把箱子搬进壁橱，搁在架子上，又在上面放了装有钓鱼用具的饼干盒。

然后我去看医生。

他看见我推门而入时大发脾气，说，你到底去哪儿了，你难道不是早在近两个星期前就该来的，你不来，不和其他人一样老老实实地排队，我怎么可能查得出你有什么病，他说完，我坐在椅子上，面朝他的办公桌，轻微地啜泣起来，要不哭很难，于是他当场给我开了一张无限期的病假条，至今，我整整一年没有上班，一天不差，社会保障署的人非常仔细。他们寄了一封信给我，通知我，我的救济金支付到这一天为止。现在，必须变出点新的法子，我心知肚明，一年已经过去。那是法律规定，我到这儿来，就是商量这项事宜。

我从社会保障署利勒斯特伦办事处的桌子间走过，隔着恰当的距离，停在那位垂头丧气的男人身后，他面朝办公桌前的年轻女士。我只能看见他的背。他虎背熊腰，衬衫下显现出的主要是肌肉。他把夹克搭在手臂上，夹克上面还有一件大衣，此时他看起来浑身爆热，他的脖子发红，当他半转过身，向左回头，朝我投来阴沉的一瞥时，他面色苍白，神情尴尬，他缓缓地摇头，然后转回去说，行，行，就这样吧，都行，反正到头来都是一回事，小姐，别担心，用的是反讽语气，所以估计其实根本不行。我不担心，那位年轻的女士说，我看不见她，但她的声音犀利得像镰刀割过干草，那个男的翻了个白眼，离开时冲我点点头。我也点头回应，现在轮到我了。

"请稍候。"她一边说，一边开始在手边电脑里的表格上填写她必须填写的一应内容。我不知道排在我前面的那个男人有什么问题，但一定问题不小，因为她填写了好一阵子，我开始感到自己也热起来，寻思我也许应该脱掉夹克，但我明白，假如我脱掉，我就输了。虽然我不知道具体输了什么，但就是输了某些东西。

最后，她终于抬起头，不看电脑。

"请问你的姓名和社保号，"她说，"有别的补充信息更好。"她说，眼睛直勾勾地看着我，但有点失焦，几乎成功地掩盖她的冷漠，她只是在做她的工作，在那漫不经心的态度下，她让目光顺着我夹克的纽扣下移，一颗，两颗，三颗，四颗，一直落到电脑屏幕，她的指尖悬在离键盘恰好两厘米的上方，等我告诉她那些信息。我以前见过她，上次来这儿时，她是新人，做事有点笨手笨脚，现在的她不一样了，她没有认出我。她怎么会认得出。我告诉她我的姓名和社保号，我把那背得滚瓜烂熟，不是人人都这样，那感觉像在部队里似的，我想，果然，她转过来看我，这让我想起我们刚从原来住的街坊搬到奥斯陆后，我去阿克什胡斯古堡做征兵体检，称体重时发现体重过轻，他们也是那样转头看我。我想要参军，想被派到海尔格兰地，派到海斯勒地，或派到北方遥远的巴尔迪福斯，无论如何，尽可能远离我的母亲和格鲁德区，那是默克镇和我余生可能走的路之间一个悲伤的中转站，但我哪儿也没去，因为他们不要我。我的手大概抖得太厉害了些，不对他们的胃口，此刻，站在社会保障署的办事处，我忍不住挺直腰杆。那真是典型的我。我试图放松，垂下肩膀。也许把手插在口袋里，可结果，我蓦地攥紧右手，我把手张开，攥紧，张开，又再攥紧，我克制不了自己，我俯首一看，我的拳头捏得那么紧，指关节像发白的山峰般突起，如落基山脉，喀尔巴阡山脉，我的指甲嵌入手掌，我想，今早我是不是忘了吃药。我回忆不起吃药这件事，我是在去钓鱼前还是钓鱼回来后吃的。但我没忘过吃药。正因为如此，所以我记不起来。你不把你不会疏忽的事记在心里，那是常识，而显然，后果令我害怕。我知道如果我没吃药会发生什么情况，我想，现在的情况是不是如此，我感到头晕，身子向前一歪，用一只手抓着她办公桌的边缘，她怔怔地盯着我的手说：

"一年了。"她说。

"是的。"我说。

"那样的话，规定不一样了。你明不明白。你不能再请病假。"

"我知道，"我说，"我全都知道。"

"好吧，我真心希望你知道。"她说，我想，她有什么资格那样同我讲话。假如我是汤米，我会开始骂人，我会凑上前，双手按在她的桌上，指关节朝下，说：你他妈的讲什么。可我不是汤米，我生平几乎没骂过一句脏话，所以我的反应是收回我的手，再度攥紧。我闭上眼睛说：

"我需要和负责的人谈一谈。"

"没问题。"她说。

我睁开眼睛。

"你可以到那儿坐着等。"她一边说，一边指了指，"这需要些时间。"

"你当我是傻瓜呀。"我说。

"什么？"

"你当我是傻瓜呀。"

"噢，老天，"她说，"请去坐着吧。"可我没有。我有种奇特的晕眩感。我丧失了听力，我想。我再也无法昂首挺胸，我振作不起来。我做不到。完了。那么一想，我如释重负，像一阵轻风扑面而来，一扇打开的窗，我张开手，指甲不再戳着手掌，我整个人放松下来。

最后，我终于照她说的做了。我走过去，在靠墙的一张椅子上坐下，我已然感到和以前不同，不知怎的轻松了些，不，不是轻松，也许是更加轻盈，与空间、位置、向后退去的墙壁有关。我更加松弛，是的，我感到更加松弛。我不知道那意味着什么，对我而言是好还是坏。但重点不在于此。不在于是好或是坏。重点在于，这无关紧要。那是以前没有过的。

我在那儿坐了二十分钟。或更久。这也许不算太不寻常。

* * *

那位主管也很年轻，三十五岁出头，也许再年轻一点，但这对来到他办公室的我来说不重要，办公室在一条走廊里，要经过一道或可称为闸门的东西。我没有动气，他讲了我猜到他会讲的话，即，现在一年已过，我无权再享受任何病假福利，我说我知道，他说，现在必须做些决定，从今日起，他们有义务更密切关注我的情况，以及我们——社会保障署的员工和我——必须达成的任务，他确信我明白这一点，之后，就业中心将尽快安排我重返工作岗位，因为显然，现在我的病好了，我还失业着。可我接话道，严格来讲，我想做任何工作都可以，至少在挪威图书馆系统内，别的属于那个领域或类似领域的工作估计也行，他接着说，是，也许的确如此，但此刻你来这儿，你不在那个领域或别的领域任职，我接话道，那是因为我请了病假，所以才会这样，我说，接着他怒了，他说，他十分清楚那一点，这是我来这儿的原因，他说，然后我说，对，一点没错。你是在开玩笑吗，他说，比我年轻二十岁的他可以坐在那儿，讲出那种话，你是不是来图救济金，他说。什么，我说，你什么意思，问我是不是来图救济金的。你图的是不是伤残津贴，他说，伤残津贴，我说，我是残疾人吗，我说，我在你眼里难道像残疾人。不，他说，不太像，很好，我说，因为我不是残疾人，我不知道他坐在那儿，脑子里在想什么，他比我年轻二十岁，他是不是认为我爱找茬、脾气暴躁，是个惹是生非的家伙。他多半这么认为，可我完全不是，因为我的话，是心平气和讲出来的。此时的我不紧张，我没有并拢膝盖，直挺挺地坐着，相反，我的身体感到放松，没有拘束，我安详地坐在椅子上，手臂搁着扶手，脸部没有一丝抽搐，如实回答他提出的问题，我没有想开玩笑，或，好吧，可能有一点开玩笑的意思，因为现状就是如此，眼下，有一点滑稽。我觉得有。在我看来，他没明白的是，我多么放松，多么毫无压力，从容自如，不图任何东西。什么都不图。事实上，那令我自己也感到有几分惊讶，因为之前我并未从那个角度看待过这件事，或即使看待过，也是很久以前了。我微笑着，他突然也报以微笑，我想，我无须每次都这么干。我不需要。

"给。"他说着，逐一拿出三张表格，叠着推过桌子，"请你填好这些表格，带着去就业中心。"他露出微笑。我报以微笑。我接过表格，站起，用左手拿着，伸出右手同他握手。

"一切都会有解决办法的。"他说，我露出微笑。

我关上身后他办公室的门，穿过走廊，内心非常平静，我绕过那位年轻女士坐的办公桌。她转身，看着我说：

"情况没那么糟，是吧？"

我微笑。她也报以微笑，她一下子变得非常年轻、热情，我从她旁边走过，两边有桌子，那些男人仍坐在各自的椅子上，俯身填写表格，我把我的表格扔进一个废纸篓，那就放在其中一张桌子旁，方便极了，我继续朝门走去，打开门，来到外面的楼梯间。我能感觉我的脸上仍挂着笑容，于是我收起微笑。

西丽·1970年

　　我想去当水手的计划落了空。我告诉过汤米我打算去，我是当真的。我曾如此有把握，如此铁了心，我觉得没有别的出路，我知道该找谁，谁会帮我离开。我不是默克唯一想去当水手的人，我认识好几个已经去了的。但我没有起誓保证。

　　汤米不需要我，那一点我确信无疑。所以不是因为他，我才留下来。相反，我认为他发现自己更难像以前那样常常来看我，因为经过那一晚后一切都变了样，又冷又黑，在合作商店后面的默克湖畔，他坐在我边上哭泣。突然间，我成了那个必须安慰他的人，而不是反过来。

　　两天后的星期三晚上，他没有来默克。他说他会来。我站在吕斯布的绿色加油泵旁等待，心中有点忐忑，不确定我将迎来一个什么样的汤米，会不会是一个不同于以前的、哀伤的汤米，那样的话，我得镇定下来，表现出体贴和领袖风范，或还是以前的汤米，那个站在船头掌舵的人。可是那一晚，我没有见到他，星期四他也没来。我每晚在加油站伫立一个小时，坚持至周末，最后，星期一，他骑着车来了，我们一如既往地走到湖边，坐在岩石上，可他没有待很久。他烦躁不安，有心事，我们没聊出任何东西。自那以后，他来得越来越少了。

时光流逝。我变了。我自己能感觉到。从我住的那户人家——利德森夫妇的家——二楼的窗户，我可以看见BP加油站，在穿过养老院和默克机械厂之间的小巷的另一头。我看见汽车驶入，加满油后又驶出，有时我看见年迈的吕斯布从店里出来，走到日光下，或夜晚的灯火下，协助遇到麻烦的司机，他们有的一次也没掀开汽车的引擎罩检查过，或从未换过风挡雨刷，然后他会步出我的视野，过一会儿再回来，朝店门走去。我不懂，为什么每次看见吕斯布能使我感到心安，仿佛只要他在，就不会有太坏的事发生，那是不是与他的肢体、他沉着泰然的举止有关，还是与他同样沉着的话音，或他的目光有关，有时我好奇，有没有人和我一样，对他有同感。多年来，吕斯布一直说他想搬家，他说，他实在厌倦了这个地方，厌倦了默克，可他仍在这儿，这教我开心。难以想象有一天他可能从此离去。如果把默克镇比作一个大轮子，不妨比作一个自行车轮，闪亮的辐条向四面八方伸展，吕斯布是那轮毂。至少对我而言是。

假如有人站在加油泵旁等待，在晚间的灯下，或是大白天，像现在，正值春天，我也能轻易地从窗口看见他们。

五月的这天傍晚，我正要去瓦尔默参加手球训练。那是我的第一堂课。事关重大，我结交了许多朋友。在经过长时间的犹豫，念念不忘汤米、双胞胎姐妹、我们的房子和我们住在那儿的生活后，我不得不做出决定，随后我便积极地投入行动。十六岁的我没有去当水手，而是在瓦尔默完成学业，这样我可以在秋天升入高中，令大家意外的是，我在转眼间一跃成为班上的尖子生，现在，有好几个女孩希望我成为校手球队的前锋。我说我很愿意效力。我以前几乎从未接触过手球，但我立刻知道我会胜任。大家都知道。所以他们才会提出这个要求。有一阵子，我做什么都一帆风顺。在操场，我们的体育老师杰克曼对我说，现在你一路绿灯，那想来与交通灯和汽车有关，但默克镇没有交通灯，永远不可能有。充分利用这段时间，他说。日后，你会为你这样做了而欣慰。我的确一点没有荒废。我想开始新的生活。

此刻我得抓紧。我很幸运。骑车去瓦尔默怪累的，这是第一次，我不用骑那么长的路去，又骑那么长的路回来。单程十五公里。有个邻居说他可以开车载我。自然，他是教区一位虔诚的教民，声望颇高，也是利德森的好友。我觉得没什么。他反正要走那条路，到适当的时间再回来，他不介意顺道接送我。

我把我的装备、球鞋、一条毛巾和一根红色的宽橡皮筋发带装进包里。现在我的头发长了，比住在以前的街区时金黄了许多。那变化之快，人人看得出来。以前，从妈妈离开的第一天起，帮我梳头的人是汤米。爸爸不关心我的样貌。头发长得太长时，汤米直接从后面把它齐耳剪短，我们俩以为那看起来挺美，像女性杂志里的图片，带一点法国风情，我们的看法，可学校里不是每个人都这么想。没事儿，过一阵子就顺眼了，汤米会说，和发型师的说法一样，他搔我脖子的痒，我们俩大笑，但现在，我尽量把头发留长，上学时戴一个发夹，有体育课时则把头发绑成马尾辫。

我把日记塞在衣柜下面——藏起日记，那是常见的做法——然后从床上拿起我的运动包，出门前最后看了一眼窗外，谁知汤米在那儿的加油泵旁。当时是五月，天黑得晚，我轻易认出那是他。没有别人像他那样端着肩膀的。事情过去了很久，自他们让我们搬出我们的家，把我们拆散以来，已整整四年，第一年的秋冬，季节流转，我们彼此见面的时间和机会极少，然后是春天，夏天，又到秋天，他带着圣诞礼物骑车来默克，像他前一年、再前一年一样。那些礼物是他在约恩森的车库里亲手做的，他们在车库里捣鼓各种东西，就是不钻研约恩森那辆车的引擎，一辆欧宝或什么牌子，与我何干，双胞胎姐妹在利恩家厨房的桌上制作她们的礼物。我生日那天，汤米甚至走到门口来敲门，但没有获准进屋。利德森摇摇头，说他只能站在外面的门阶上。我没有争辩，我不和利德森争辩。我照他的吩咐去做，除非他不讲理。他若不讲理，我就放下手上正在做的任何事，什么也不管，背对着他，大多情况下，他心领神会，他不是大恶人，站在外面没关系，虽是隆冬，但天气没有那么冷。

有一次，汤米前来告诉我，约恩森给了他一份在锯木厂的全职工作。现在约恩森是厂主。以前经营锯木厂的人名叫约翰内斯·卡伦，我们常把他经营的厂叫作卡伦锯木厂，但其实它有另外一个名字，卡伦是个众所周知的酒鬼。他存了很多白兰地，藏得到处都是，木料垛里，叠好的木板后面，有人发现，他甚至把一瓶特色白兰地埋在一堆木屑里，还有他的办公室，他在最底下的抽屉里藏着一瓶，尽人皆知，他在上班时间无节制地饮酒，在喝醉时开车。他忘记写订单，忘记付工人薪水，所以在最后关头，约恩森向默克储蓄银行贷了一笔款，趁整间工厂还未全部败光以前把它买下，现在工厂显然运营良好，利德森说。但他不喜欢约恩森，不喜欢我们街坊的任何人。在他看来，他们是粗人，或像美国电影里的乡巴佬。利德森五十好几了，他从来没离开过这片地区，所以当然，他不知道自己在讲什么。但随着时光的流逝，我开始认为，他也许是对的。

一月和二月，汤米来过默克镇几次，但这年春天，1970年的春天，我没怎么见过他，老实讲，我已逐渐习惯了没有他的生活。我固然很想念他，不是我不想念他，而是那份思念不再具体有形，我们不再成双成对，不像以前，不是汤米期许的那样，假如那是他所期许的，现在我们长大了，一切变了样，我无法同时兼顾两个方向。那怎么也行不通。我必须向前走。

我飞速穿上外套，瞭了一眼钟，天啊，我赶时间，汤米呀汤米，你怎么偏偏这个时候来，然后我穿着长筒袜，尽可能轻声跑下楼梯，利德森已下班回家，我们吃了晚饭，此刻他正躺在客厅休息，那儿暖和，关上门后感觉不像冬天，照他晚饭后的惯例，他会在那儿小憩片刻，我不知道他能否听见我下楼的脚步声。希望他听不见。我来到楼下的走廊，穿上鞋子，冲出门，把运动包扔在门阶上，这样，我不用再重新进屋去拿，可结果我还是转身，拿起背包，一边跑一边翘首窥望邻居树篱另一侧的动静，他的车停着，车头在车库里，我想，一辆车怎么可能如此富有基督教色彩，肯定不是工厂把车做成那样的，车的挡风玻璃上仿佛贴着一个硕大的十字架，一个透明的十字架，或那是不是与遗传和环境有关，我们学校生物课正在学的内容，那能同样适用于汽车吗，车子会根据车主而变化吗，虽然严格来讲，汽车不属于生物学。哎，我纯粹是在胡思乱想，但这正是我的脑中闪过的内容。

我从位于默克机械厂和养老院之间的小巷出来，不再奔跑，而是放慢脚步，穿过马路去加油站，汤米站在那儿。他立刻看见了我，在直起身子的同时，他端正肩膀，他真是个气度非凡、教人猜不透的神秘男孩，我始终这么认为，我不知道，汤米怎么可以做到随心所欲地出现在默克镇，站在加油泵旁，指望我去发现他，无论那距离我们上一次见面有多久，然后由我走过去，开口和他说话，跟随他下到合作商店后面。但他每一次来默克，我都这样，我离开家，与他碰头，但我同样很可能不在家。他运气好。我经常有活动，忙得很，我约了新朋友见面。后来我恍然大悟。原来我一向正是如此。在别的地方。可能许许多多次。他就站在这儿，等我，我却没有意识到，事后他绝口不提，因为他骄傲。我怎么会那么蠢，以为他只来过默克几次，每次都恰巧出现在我的视野里。仿佛我们心灵相通似的。其实我们不是。我们以前是，我知道，但那已成过去。

我过了马路。我感觉有很多双眼睛在看我，他站在原地，我走过去时，脚底下的柏油碎石路踩着像空气似的，我忘了他具有一种把人吸过去的引力，但我没碰到他，我在几米远的地方停下。我上气不接下气。我捂着嘴试图掩饰我的气喘，但却是欲盖弥彰。

"嗨，"我说，"你等了好久啦。"

"不，"他说，"一点没有。"可这不是实话，他到这儿已有好些时光，我从他歇脚的姿势中看得出来，先用一条腿支着身子，后换另一条，那是你站立太久时的做法。比如在商店站柜台。

"你赶时间吗？"他问。那真奇怪，他的声音如此正经，每个字发得字正腔圆，连"吗"也是长音，这丝毫没拉近我们的距离。

"有一点。"我说，他没追问原因，我庆幸他没有。我没什么可隐瞒的，只是他不问，那就算了。但我站在那儿，重心从一只脚换到另一只。

"有很重要的事吗，汤米？"我问，"没错，老实讲，我是赶时间。"我一边说，一边竖起耳朵，留意邻居家车子的声响，我以为我听见走过石板路的脚步声，听见有人敲门，也许是我们家，哦，利德森家的门，但隔这么远，不可能听见。

"我认为是重要的事。"他说。

"行，"我说，"到底什么事，汤米？"

他清了两遍嗓子。他难道打算发表演讲，我好奇，像你在受坚信礼[1]时一样，他那么一本正经，连一句脏话也没讲，不像平时的他，几乎总是骂骂咧咧的，不过我没邀请他参加我的坚信礼。利德森不同意，直接说不行，连商量的余地也不给，可事后我认识到，我太轻易地屈服了。

"这件事只有你知我知。"汤米说。

"可是汤米，那没用。现在不再只是我们两个人了。今非昔比。"

---

1 基督教的礼仪，象征人通过洗礼与上主建立的关系获得巩固。

"所以我已有先见之明。"他用一板一眼的口吻说。他这辈子一次也没用过"先见之明"这个词,我们总说:你"明白"我的意思吗,或,你"明白"那个吗,对我而言,要看穿他的心情不容易,他是否真的不把"不再只是我们两个人"放在心上,或他是不是还在生气。

"我只是想来告诉你,"他说,"我打算把我们的房子烧了。就这两天。"

"哪个房子。"我问。我们根本貌合神离。他且看着我。阳光照耀。传来一股汽油味。我们的四周如此静谧,空气停滞,没有车辆进出加油站,万籁无声。就在这圈沉寂之外,一名男子站在教堂台阶上,穿着牛仔裤,估计是威格牌,这附近买不到别的。远处一辆拖拉机驶入田野,一只公鸡发出啼叫。

"哦,对。我们的房子,"我说,"那间我们住的房子,我的意思是,以前住的。"然后我再度竖起耳朵,留意邻居家的车,此时我肯定车子已经开出来了。我急得要命。汤米啊汤米,我想,我站在那儿,两只脚不停地倒来倒去,像要上厕所似的,你为什么偏偏这个时候来。

"把它烧了。你在说什么?"

"是的,我打算把我们的房子烧了,"他说,接着他又说,"那房子杵在那儿,和以前一个样。"

"是吗。"我说。自搬出来以后,我一次也没回去过,我很久没惦记起那间房子。但那估计仍保持着我们离开时的原样。我没听说别的情况。"嗯,我想是。"我说。

"是的,"他说,"的确如此。我们去过那儿,往里面瞧了瞧。我把一扇窗上的木板全拆了下来。那很容易。那些木板烂空了。"

"哪个我们？"我问，"是吉姆和你？"

"对，吉姆和我，"他说，"还会有哪个别的我们。"接着他说，"屋里看上去和我们住在那儿时一模一样。仅是我们，不是爸爸在的时候。"

事实可能如此，但想来不可思议。我不曾听说有新住户、新的人家搬进去，但一切如初，客厅、其余房间、楼梯，全部和以前一样，这未免奇怪，感觉上，现在已不是当初。一切都变了。可屋内的一切却原封不动。想到这，我感到不自在。

"是吗。"我说。我自己重复了一遍。那教人尴尬。可我无法集中精神，我必须走了。

"就是这样，"他说，"我没办法不去想它。我晚上睡不着。我受够了。所以我打算把那破房子烧掉。你若高兴，可以跟我一起去。我来这里，就是为了这事儿。"

"什么？不，不，汤米，我不能那么做，你难道疯了。这是犯法的。我们会成为纵火犯，会被捕入狱。真的，汤米，千万别有这种念头。"

"这间房子到底是谁的，"他说，"难道不是属于我们的？"他说，"你有没有因为这间房子拿到一分钱。我有没有拿到一分钱。没有，我们没有。所以我想怎么处置这间房子都行。你若不想插手，我不介意。我们本可以一起干的。那样最合适。但假如你不愿意，我会自己动手。"

"可是汤米，你为什么一定要把它烧掉呢？你不必把它烧了吧。"

"不，一定要烧了。既然一切不同于从前，那间该死的房子也不该保留原样。那不合适。在往窗户里看了以后我才明白过来。天杀的，西丽，我夜不成眠。"他说，现在的他完全丢掉了刻板正经。

"不过汤米，我得去参加手球训练了。"

"手球训练。"他低头看了一眼我的包。之前他一直没注意到。"你必须去参加手球训练吗?"他问。

"是的，必须去。"越过汤米的肩膀，我能看见那位对基督教虔诚至极的邻居的车正朝十字路口拐来，我不知道他是已经决定弃我而去，还是在找我。他多半是在找我，因为他慢下来，车子一度完全停住，于是我提着包开始奔跑，我朝邻居挥手，他看见我，也挥手回应。一辆巨大的车从我身旁驶过，进入加油站，是一辆搬家公司的货车，停下时刹车发出嘶的一声，我一边跑一边回首，但此时汤米已消失在那辆货车的后面。

汤米·约恩森·2006年8月

　　我穿过面向停车场的门，走进中央医院，经过接待处和资讯亭，经过对着楼梯的小餐厅。楼下是"地堡"，一九七一年吉姆住院的地方，那是三十多年前的事，当时我们正青春年少，很容易忘记年轻时我们眼中的一切与众不同，那看似比实际美好，时光如此充裕，后来一转眼，事事往坏的方向发展，严重恶化，整个世界一天接一天地走向崩毁。这次，我要去的是四楼，以前我总是跑着上楼，但今天我坐电梯。原因是，我喝了太多酒。

　　在四楼，我经过值班室，又沿走廊经过三扇门，然后走进约恩森住的病房。我自小就认识他。医生正站在他床边，他们在说话，但我听不见他们谈话的内容。接着，约恩森转过靠在枕头上的头，看见我进来，他露出微笑，那位医生也转身看见我，向旁边退了一步，他先前见过我，我们乘直升机抵达医院的那日，约恩森当着我的面在客厅晕倒，但之后我没去过医院，我去了外地，在海于格松，那不应该，但事情就是如此。我打了个招呼，那位医生也回应了一下。

　　"嗨，"我说，"感觉怎么样？"

"不太好，我的朋友。"约恩森说。

"之前我必须去海于格松，"我说，"有很重要的事。抱歉。"

"没关系。"他说。他依旧微笑着，但他眼睛下方的皮肤发青，近乎黑色。我带了一本书去，约翰·斯坦贝克的，我想他大概没看过。这本书是年少时有一次吉姆给我的，从扉页上写的话可知是他送的。我翻遍家中的地下室，在一个箱子里找到这本书。我把它放在床头桌上。约恩森伸手过来，他用食指慢慢地翻着书说：

"我没读过这本。"他一脸惊讶，他确信自己读过斯坦贝克所有的书，可实际不然。

"故事发生在挪威，"我说，"时间是战争期间。"

他抬头看我。"你在骗我吧？"

"我没有骗你。"我说。

"这太绝了。"他说，那位医生在我背后轻轻咳了一声，或许是笑声。什么样的医生都有。

"写得不错。"我说，其实我并不知道写得好或坏。我仅读过而已。那是很久以前。我已不记得我上一次读小说是什么时候。

"希望有时间可以读。"他说。

"你有的是。"

"那可说不准，我的朋友。"

这是他第二次这么叫我，我的朋友。以前他不这么称呼。他只叫我汤米。他看我的眼神有点过于坚决。我转身。那位医生正咬着他的下嘴唇，双手紧紧交握在背后，眼睛打量地板。他缓缓地摇头。我转回去。

"那是什么意思？"

"我来日不多了，我的朋友。"

该死的，别再说"我的朋友"，我在心中念道。我受不了。

"胡扯，读一本书的时间肯定有。"我说，那样讲牵强附和，人都快死了，还要书干什么。约恩森快死了。

"你要死了吗？"我问。

"是的。"他说。

"人总要死的，但我指的是现在。你现在要死了吗？"我问。

"他预计我还有两三个星期。"约恩森说着，朝那位仍站在那儿的医生点点头，他半个身子被我挡住。我已经把他忘了，他无疑是一位不爱张扬的医生。"他说，他们已经尽了力。"约恩森说。

"他们肯定能有办法的，"我说，"现在是2006年，不是1706年。"

"为时已晚。"约恩森说。他累了，他的声音有气无力，没有精神。

我环顾四周。我的腿突然感到疲乏。在床的另一边，靠窗处，有一张椅子。我走到窗边，拿起椅子，把它放到床沿，对着我刚才进来的方向。我坐下，但这样一来，那位医生不再在我身后，而是在我面前了。我应该绕个圈，把椅子搬到床的另一边才对，我想，可为时已晚，我若再次移动椅子的位置，背朝他坐，那会显得无礼。现在这样也会失礼。但那位医生，他可以离开病房，不是吗，让我和约恩森单独相处。

"话说，你现在在想什么？"我问。

他没有回答，他会在想什么。换作是我，我会在想什么。

"我珍惜生命的可贵，"他说，"我不想它结束。"他七十五。我五十四。快五十四。"固然，你可以抗拒，"他说，试图呵呵一笑，结果却咳嗽起来。"可事实如此，"他说，"不要紧。那没什么大不了。"他把靠在枕头上的头转向窗户，不看我。

我不同意。那不是不要紧。那至关重要。

"你当然可以抗拒。"我说。

他又看着我。"你不能抗拒死亡，我的朋友。"

"妈的，你当然可以抗拒。"我说。

两个星期后的周日，他长眠在默克镇的老教堂后面。那座教堂朴素淡雅，里外刷成白色。只有圣坛和座位不是白的，用的是农舍的红与蓝。到场的人不多。牧师是个女的。他估计不会介意。他一向喜欢女性，诚然大多数男人都是，但他是真心欣赏女性，他喜欢和她们在一起，同她们聊天，他认为女人远比男人聪慧。至少比他认识的那些男人强。他也曾和我的母亲关系很好，直到她在圣诞前夕的一个晚上离开我们为止，那晚路旁的积雪有一人之高，光是进出屋子就费力得很。他们时常聊天。

"不是她的错。"三个星期前的周日他说。当时我们站在他的客厅里，我西装外面的紫色大衣还没脱，那天是他的生日。为此我大老远开车过去，戴了皮手套，脖子上围了围巾，可他却只穿着一件法兰绒衬衫。他忘了自己的生日，当我祝他福寿无疆时，他一脸惊讶，时间还是早上，虽然他气色不佳，但我站着，他也站着不坐。

"老天在上，"他说，"这绝不是她的错。你要她怎么办呢？"

"坐下吧。"我说，他随即坐下，而我仍站着。"她可以带我们一起走。"我说。

"四个孩子。靠她一个人。根本不可能。"

和这一带的诸多人一样，他年轻时当过几年水手，学会了不少英语词句，但他讲得极少，他认为那些短语听上去很傻，他也不说"所有船员上甲板""吓死老子"或那类浑话。

"那行不通，你明白的，不是吗？"约恩森说。

"我什么都不明白。"我说。

"是，你当然不明白，"他说，"那不是你的职责。要明白不容易。对你们大家来说，那等于天塌了。我懂。可你不应记恨在心。你应该释然，别再追究。天哪，你现在五十多了，你还打算耿耿于怀多久。"我差点讲出一些难听的话，一些冒失、中伤的恶语，我的表情想必如此，但我没有说出口，接着他抓住椅子的扶手，支撑着站起来，他那么做，因为我仍站着。他说：

"你是不是开始喝酒了，汤米？"

"噢，少来，约恩森，"我说，"这个时候，你为什么要提那档子事？"可他讲得没错，我每晚喝酒，无一例外。接着他倒了下去，一头栽倒在地，仿佛全身没有骨头似的。我惊慌失措，周围没有别人，我想不起该怎么应付这样的局面。我从腋下扶起他，把他拖往沙发旁，可他的身体又软又沉，我小心地再度放下他，跑去开抽屉和橱柜，我不知道我在找什么，也许是一盒扑热息痛，一盒复方可待因止痛药，或某些治疗哮喘的喷雾，假如他有一瓶，不知放在哪里的话，接着我意识到我的头脑一片混乱，我念道，看在上帝的份上，汤米，镇定，最后，我终于打电话给了医院。

之后没多久，他们开着直升机来了。我跟他们一起上天，我以前从未坐过直升机，飞行途中，我握着他的手，天空不如在地面仰望时那么湛蓝，颜色更加灰白，更含混不明，分不清界限，他的手冰冷湿腻，毫无生气，已经许久没拿过铁锤或锯子，连小至折尺这样的东西也没拿过。我抚摩他的头，那感觉如此怪异，我的手掌不熟悉他的脑袋。旋翼叶片的噪声震耳欲聋，我觉得直升机似乎飞得很慢，比我过去想象得慢，它飞过那片广阔的湖，然后终于降落在医院的直升机停机坪，他们把他抬到急诊室的担架上，有位医生站在那儿，就是一周后，当我从加勒穆恩机场直接赶去看他时遇见的那位医生，两名护士从轮床两侧推着他，飞速跑过长长的走廊，其中一人冲我大喊，你今天不能探视他，明不明白，明天再来吧，老实讲，那对我来说无所谓，我反正要去海于格松公干。

我花了约一周时间处理公务，回来后，我搭机场快线到利勒斯特伦，然后从火车站坐出租车，穿过隧道，直接赶往那家大医院，现在，他死了，他的棺材缓缓落入默克镇白教堂后面的土里，假如他真的抗拒过，那么他的抗拒不够有力。

约恩森和我坐在厨房面向马路的窗旁。那是晚饭时间。从窗户我能看见那条马路拐过弯道，进入居民区，经过吉姆和他母亲住的房子，继续延伸，但我看不见我过去住的那间房子。倒不是说那有什么要紧。那间房子已经没了，恰好在一个星期前，五月末，它被烧了，光是知道这件事就令我感到轻松畅快，肚子里像充了氦气，飘飘然的，烟和刺鼻的灰烬的味道仍弥漫在空气里。

我们互相间话不多。那很平常。我们熟悉彼此，非常了解对方，无须多言。但在出门前的早晨，当我们开口讲话时，谈的是当天在锯木厂要干的活。他是我的老板，他向默克储蓄银行贷了一笔钱，从积习难改的酒鬼卡伦手中买下整间工厂，确切地说，是在它还没破产倒闭前出手救援，所以实际价格并不高，银行也没有一点刁难，约恩森给了我一份在锯木厂的全职工作，对此我称心满意。我结束了学业，再多一天也受不了，念完初中，我就不上学了。

虽然我还不满十八岁，但每天早晨出门前，我们一边吃早餐，一边像两个成年人一样讨论订单和木料价格，由我们俩制订出送货路线，给规模较大的工地，或是规模较小、可能比较难送达的，譬如私人住宅、独栋建筑、谷仓或车库，各种偏僻、人烟稀少的地方。他在和我谈论这些事宜时，态度与他和锯木厂的其他员工讲话时无异。厂里有三名员工，他们年纪大得多。约恩森本人从未有过子女，在我看来，不管他讲话的对象是小孩、青少年，还是和他差不多年纪的人，他的态度与措辞都一样。他甚至不关心年龄的差别。在他的成长过程中，没有"青少年"一说。你先是小孩，你接受了坚信礼，然后你成了大人，必须履行你的本分，就是这样。

此时，我们辛苦工作了一天，都累了。两名员工因患流感而请假，次日，我们要运一大批货，所以吃饭时我们没怎么讲话，说不定等约恩森小憩片刻后，我们还要回去再干几个小时。

我一边细嚼慢咽着食物，一边透过窗户，眺望弯道处。

"警察局长来了。"我说。那辆熟悉的沃尔沃缓缓从路的那头驶来。里面无论坐着谁，那人都不赶时间。"或是警佐。"我说。

约恩森转头。"嗯，是他来了，"约恩森说，"你最近干了什么事呀？"他笑起来。

"绝对没有。"我说，我也笑起来，"至少我记得没有。我一直老老实实、循规蹈矩的，不是嘛。"我说，接着我问，"今晚我们是不是必须再去锯木厂？"

"我想是，"约恩森说，"工作堆积如山。明天我们必须运一整车货去埃兹沃尔。"

"我知道，"我说，"你睡沙发。我打地铺。"

我喜欢睡地上。一向如此。每次把双臂放在两侧胁下，肩膀和后脑勺贴着硬邦邦的地板，我俨然拳击赛中被击倒落败的选手。但我睡着的时间不长。不可能睡得长，当然是了。

此刻我从桌前站起，手里拿着空盘子和刀叉，瞟了一眼窗外。我正欲转身，把要洗的餐具堆在流理台上，结果我看见那辆车停在了我们的信箱旁。来的是警佐。他打开车门，一手撑着门框，从车里起身出来。他胖了。那根骷髅头皮带，原本是紧紧系在腰间的，如今滑到他的肚皮下面，以前的他看起来更像警佐。我有好一阵子没见过他。我为什么要见他呢。

"他来了。"我说。

"呦，那真是稀客。"约恩森说。他站起，手按在桌上，身体前倾，眯眼望着窗外，目光投向旁边停着警车的信箱，警佐早已朝屋子走来。

"哇，他发福了，"约恩森说，"什么时候的事。"接着他说，"不行，不行，我们没时间招呼他。"

他手里拿着餐巾，径直往走廊奔去。我跟着他，像拖车似的，紧随其后，几乎没等警佐敲门，约恩森就一把将门打开。警佐正要上台阶，但见门开了，遂停下脚步。他满脸倦意，像受了一肚子气。他的嘴巴周围长了皱纹，我上一次看见他时没注意到，那皱纹顺着鼻子延伸至他的下巴，相当惹人注目。现在是夏天，六月，天气暖和，可他却穿着一件厚牛仔夹克，前面敞开，脖子两侧镶有毛皮，中间，他的肚子鼓出，底下是那个骷髅头皮带扣，露着红玻璃做的眼睛。那双眼睛不似以前那般闪亮了。

"你好啊，"约恩森说，"桌上有吃的。我可以向你保证，味道不错，"他说，"汤米做的。"确实如此。"还剩不少，假如你饿了的话。"约恩森说。

"我什么也不想吃。"警佐说。

"好吧，"约恩森说，"你不是来吃东西的，那你来干什么？"

我也走到约恩森所在的台阶顶端，与他并肩站在一起，我们俯视警佐，而他则必须仰视我们，他不喜欢那样。他已经深深地恼了。不用打电话请教心理学家也知道。现在我们有了电话。沟挖完了。我们在锯木厂也装了电话。非要有一台电话不可。

"我来是为了失火的事。"他说。

"什么失火？"约恩森问。

警佐叹了口气。"什么失火，"他说，"你们是装傻还是怎么的，"他说，"贝里格伦家的房子一个星期前被烧了，就在这条路往前两百米的地方。那是汤米以前住的房子。"他指指我。

"我知道我以前住的地方。"我说。

"我知道你知道你以前住在哪里。你当我是大白痴吗？"他说，"问题是，这场火，据人们讲，是有人放的火。"

"哦。"约恩森说。

"哦。"警佐说，"老天爷。大家都知道，假如有人纵火烧了那间房子，那个人就是汤米。你当我们是白痴吗？"他说，"所以汤米要跟我走一趟。警察局长想找他谈话。"

"汤米没有放火烧那间房子。明白了吗？"约恩森说，他用力关上

100

门，转身欲回厨房，但这位警察没有让步，一样用力地捶门，约恩森开门说：

"又有什么事？"

"你别试图耍花招。汤米必须跟我走。"

约恩森转身看着我。此时我站在他的右后方。"你打算跟他去见警察局长吗？"他问。

"我抽不出时间，"我说，"一会儿我们必须回厂里干活。我们得把一切准备就绪，明天发货。我们得做好单子，装货上车。我们要运一整车货去埃兹沃尔，有两人请了病假。我抽不出时间。"

"你听见啦，"约恩森对这位警察说，"他抽不出时间。"

"我才不管你们明天要去哪里。汤米必须立即跟我走。警察局长要找他谈话。谈完我会送他回来的。老天爷。"警佐累得够呛，几乎站立不住。他叹了口气。"走吧。"他说。

"你最好还是跟他去一趟，"约恩森说，"否则我们得打电话叫医生了。"

"那好吧。我跟他去。很快就回来。"我说。

警佐摇摇头。"老天爷。"他说。

我在那儿待了一个小时。警察局长还不错。他说我放火烧了那间房子。我说我没有放火烧那间房子。我说那是我的房子，是西丽的房子，是双胞胎姐妹的房子，警察局长说不对，那不是我的房子，我说，若不是我的，那房子的主人是谁，他不知道。那是我的房子，我说，我可以想怎么处置就怎么处置。所以放火的人是你啰，他说。不，我说，不是我放的火。就这样没完没了。最后，我们俩都乏了。然后我们聊了一会儿我的父亲，聊到他以前多么混账，但我必须稍稍捍卫他一下。他一直饱尝生活的艰辛，我说，后来只剩他与我们相依为命，我指的是，我的母亲从人间蒸发，那对他而言不容易，要独力撑起一个家，警察局长说，我讲的也许有道理，但横竖，他一边说，一边摇头。接着他问，你知道你母亲的下落吗，我说我一无所知。她走了六年，谁也不知道她在哪里。接着他问我，是不是我放火烧了那间房子，我说不是。行，他说，今天就到此为止。警佐会开车送你回去。你等我的消息。懂我的意思吗，汤米？嗯，我说，没问题，接着他说，假如真是你放的火，汤米，你死定了。不是我，我说。

我走到外面，警佐正站在车旁。他靠着打开的车门，闭着眼睛。

"嗨。"我说。他睁开眼，看了看我，又闭上眼睛。我不知道他怎么了，但肯定有不对劲的地方，他和以前不同。我突然很同情他。这个念头莫名袭上我的心。我百感交集。眼中涌出热泪。那是真的。

"你不舒服吗？"我问。

他睁开眼看着我，用手梳理头发，叹了口气。

"哎，我不知道。我不知道哪里不对劲，搞不清原因。但总归是有点问题。我整天累得慌，即使老睡觉也没用。"

"呀，你有没有看过医生？"

"没有，但估计得去。"

"那未尝不是个好主意。"

我们就那样站了片刻。他闭着眼睛。我双手插在口袋里，端详他的脸。他才三十出头，也许三十五。那不算很老，但他气色不佳。他看上去像四十岁，或不止四十，更老。

"需要我来开车吗?"我问。

他睁开眼。"或许是该让你开，"他说，"说实在的，那太好了。我累得不想动。"他说，接着他绕到车子另一侧，上了副驾驶座，我坐进驾驶位，转动钥匙。车子旋即起步，我们驶上警察局前面的马路，那辆沃尔沃开起来真刺激，我感到兴奋、喜不自禁，我坐在那儿差点笑出声。十五分钟后，我停在约恩森的信箱旁，四年来，那也是我的信箱，透过窗户，我能看见约恩森坐在厨房桌旁一边抽烟，一边向外张望路上的动静，他的一只手托着下巴，另一只手持烟。

我把车子挂到空挡，拉起手刹，没有熄火，接着警佐和我，我们从各自一侧下车，他绕过前杠护栏走来，正准备坐进驾驶位时，他说:

"哦，该死，我昏了头还是怎么的。你没有驾照，是吧?"

"没有，"我说，"我没驾照。我到秋天才满十八岁。生日在十一月。"

"天哪。"他说着，用一只手梳弄头发，"我昏了头还是怎么的。"他重重叹了口气，"你若不把这件事告诉别人，我会感激不尽。"

"我不会讲的。"

"多谢，"他说，"天哪，我怎么这么累。"他说。

"也许你该去看看医生。"我说。

"嗯，"他说，"我想是得去看。"说完，他把操纵杆推入一挡，汽车以与几个小时前抵达时一样的缓慢速度驶出村子。

我走上台阶，进屋，从走廊转入厨房，约恩森坐在桌旁抽烟。

"你开的车?"他问。

"是的。"我说。

"哇噢。"

"他身体不适。"我说。

"你讲的恐怕没错，"约恩森说，"他气色很不好。"接着他又说，"警察局长有什么话交代?"

"他问我有没有放火烧那间房子。"

"你怎么回答的?"

"我说没有。"

"行，那就这样吧。你睡地上，我睡沙发，一个小时后我们出发去锯木厂。"

西丽・1970 年

1971 年

　　我上高一时，吉姆开始上高三。那是在 1970 年的夏天结束以后。他仍和他母亲住在原来的街区，从那儿坐校车到瓦尔默上学。车子经过默克时，我在中途上车，和他坐同一班。当然，这是校车一贯的路线。我坐这趟校车已经好几年了，小学一年，然后是初中。利德森把我从默克转到瓦尔默的学校。或是儿童福利署的安排。这很有可能。将我和汤米分开。他们成功了。

　　我见到汤米朋友的机会大大多于见到汤米本人，那种感觉很特别。或也许不是特别，也许是奇怪、异样。

　　我天天见到吉姆。我们一周交谈几次，有一次我问他，是不是汤米放火烧了我们的房子，他说，其实他不知道，但我确定他知道，或至少相信是汤米干的。我也相信。谁不是呢。除此以外，我没问过他有关汤米的事，他也没向我透露过。我确信我们原可以有共同的话题，聊聊汤米，聊聊他在做或不做的事以及我们的想法，但汤米是吉姆私生活的一部分，吉姆也是汤米私生活的一部分。至少在我眼里他们的关系是这样，可汤米与我的私生活无关。或许我本该为此而伤心，想想看，我们曾多么亲近，多么亲密无间，但我不觉得伤心，那益发令人感到匪夷所思、困惑不解。

　　吉姆第一次吻我是那年秋天一个九月的下午。他在默克火车站旁的那一站下了放学的校车，我也在那儿下车，他本应坐到最后一站，到他住的街区，校车在那儿折返，空车驶回默克，这下他必须一路走回家，那距离不近，但他乐意，他说，只需一个小时，这样他可以在火车站的售货亭买《东风报》，他最喜欢的左翼期刊。我不认识还有谁读那份报纸的。他每周五去买，售货亭的老妇人坐在窗子后面，打扮得花枝招展，化了妆，准备就绪，等待英俊的吉姆在每周同一时间出现，但这天是星期四，说实话，情况是反过来的，是我吻了吉姆。

　　吉姆身上有种魅力。你一进操场就看见他，他长长的金发，他如今老穿的那件双排扣厚呢短夹克，钉着亮晶晶的黄铜钮扣，还有他卷香烟时夹在腋下的烟草袋，只有他这么卷香烟，讨论事情时，他总是笑眯眯的，他的眼睛具有某种魅力，眼神与众不同，有些神经质，但不是傻兮兮的那种，不是教人讨厌的贼眉鼠眼，而是令你产生好奇，想进一步了解他，你想牵着他的手，陪他走回家，你想吻他，让那双眼睛阖上，只要一秒就好。那是我从一开学就想做的事，这个念头来得如此突然，令我猝不及防。自从搬到默克后，我没怎么见过他，现在他成了我的同窗，先是那个以前认识的、熟悉的吉姆，后来是一个全新、截然不同的吉姆，不和汤米在一起时，他更加醒目出众。

我以前从未吻过谁，我十六岁，那恐怕算晚了，我不清楚，但我敢肯定，亲吻吉姆将给我的人生增添某些以前不曾有过的东西，一个新的维度，虽然那多半不是当时我会用的说法。但我想表达的是这个意思。一段时间后，那给人感觉势在必行、没有退路，但不像人们可能以为的，是为了追回某些失去的东西，那是外人的看法，他们大肆宣扬这种看法，说我们小时候在贝里格伦家失去了某些东西，我们的人生存在缺陷，一块无人能填补的空白，因为我们有过那样的家庭生活，从他们朝我们投来的目光中能看出这种解读，但不，原因不在于此。我想要的是亲吻吉姆，开始新的生活，添加点东西，改变自我。

校车在过了火车站的地方停下，阳光普照，时间正介于进城的两班火车和返程的两班火车之间，所以站台上没有人在等任何车。我们立在那儿，等其他坐校车的人全走光，他们或步行或骑车回家，接着我抓起吉姆的衣袖，把他拉到那栋老式、泛黄的木结构候车楼后面的幽暗处，他没有抵抗，一直笑眯眯的，他的头发很长，金黄色，被风吹得蓬乱，仿佛他刚从海边的岩石上下来，不同于汤米，他更像女孩子，皮肤白皙，更放得开，他不那么强硬，更有韵律感，他肯定会跳舞，我喜欢他，因为他更柔和，更温顺，更会跳舞，有一种更发自内心的神经质和发自内心的快乐，对于比他更像汤米的我来说，那样的他更易相处，我素来这么认为，我比吉姆更像汤米。他比汤米矮，比我高，没高多少，刚够可以让我在我们接吻时必须仰起头，假如有人看见我们，那画面将如此完美，实际感觉也完美，接吻的动作对我们俩而言都不困难。他把手伸进我的头发，双手掬成一个碗似的，轻轻捧着我的头，我把头枕在他掬成碗状的手里，我知道那是他想要的接吻方式，也是我想要的，我曾提前计划过，接吻时，有一瞬间，我发觉我想永远采用这种方式。不只和吉姆，和谁都一样。

我们停下，呼吸，我能感觉我的脸颊发红，不是红，更多是发麻，不，也不是发麻，更像是大冬天从刺骨的寒风中进屋、暴露的手掌接触到屋内扑面的热气时手指的反应；在那个当下，双手颤颤巍巍，冻僵的手指即将因变得暖和而开始生疼前，正是那种感觉，我把嘴紧紧贴着他耳朵后面的皮肤，随后一阵突然的犹疑，虽不明显，但足以使我从他的脖子上感觉出来，一种退缩，我意识到，他不会不顾一切地和我在一起，我相信，绊住他的人是汤米。

"你不希望我们这样做吗?"我问。

"我不希望我们不这样做，"他说，接着他又说，"那样讲很奇怪。"说完，他的脖子不再绷着，柔软下来，接着他吻了我，和前一次一样美好，可能甚至更加美好，当我们再也坚持不了时，我心想，接着呢，你下一步做什么，你会讲什么话，我们松开彼此，他没有说话，我也没说话，他把目光从我身上跳过，说:

"我想我还是去买报纸吧。然后我得走了。到家需要不少时间。"

"我明白。你是得走了。但我猜今天她没有盛装打扮。今天是星期四。"

"谁没有盛装打扮?"吉姆问。

"售货亭的妇人。瓦尔鲁德太太。"

"她平时难道有盛装打扮？"

"有，真的，为了你。每个星期五。人人都知道。你没在别的日子见过她吧。"

吉姆回想了一下。"嗯，我想没有，"他说，"天啊，她难道为了我而盛装打扮。那我还是等到明天吧。和以往一样，骑自行车去。"

"我觉得那样对她最好。否则她恐怕会不高兴。"

"那我就等到明天吧。"吉姆说。我们对视了一眼，心想，也许我们可以再接吻一次，不过现在两边的站台上都有了人，还将有更多人来，赶乘进城的火车，或相反方向，出城，继续往北，去耶斯海姆、埃兹沃尔之类的地方，同时，又一班校车到站停下，再度离去。吉姆和我仍站在那栋泛黄建筑的幽暗处，但看见我们的人不多，我们再次接吻，我喜欢极了，然后我们松开彼此，吉姆说，再见，西丽，我说，明天学校见。好，回头见，他说，接着他朝主路走去，肩上挎着书包，翻过小桥，在桥中间，他转身，举起手微笑，我照平时的路回家，走到合作商店，经过加油站，吕斯布在外面的绿色加油泵旁，阳光照着他头上的白色屋顶，他在那拱顶下，与一位穿着蓝制服的司机讲话，我觉得那像是出租车司机的制服，但默克镇没有出租车，永远也不会有，所以他想必是从奥斯陆，或从利勒斯特伦来的。我朝吕斯布挥手。他也朝我挥手，并微笑，从他们身旁走过时，我不由得想起汤米，在这个特殊的地方，很难不想起他，于是心情又变坏，忽然觉得困难重重，但等到了利德森家，这份坏心情烟消云散，我想，是不是真那么容易放得下。那说明我什么样的个性。转而我用手来回抚摸嘴唇，那依旧带着以前没有过的麻木感，同时又像导了电，赤条条，袒露无遗，从现在起，我不再是今早的那个我，我想，那正是我想要的。我在走向蜕变。

这是一个不一样的秋天。

有时，人不可能确切记得人生某一特定阶段、某一特定时节发生的事，不可能记得当时你做了或说了什么，对谁说的，不可能记得工作日、上学日和生日邀请了谁，他们几岁，但你委实记得那些日子是什么色彩，你的手掌记得那些柔软的、光滑的、粗糙的，记得每一个抚过的表面，记得石头和树皮，记得水，你也记得一件衣服，记得那很重要，但想不起为什么重要，你突然记起一个电话号码，但不记得那是打给谁的，250045，谁可能有过那个号码，一句话浮上心头，但你记不起讲这句话的人是他还是你，不过那不要紧，因为没有人能区分你们的声音。但你能记得当时是什么天气，还有头顶的天空，每一种天色，每一天都有相同的征兆，叠加、叠加、叠加，集体向你涌来，以慢镜头的方式掠过，那件衣服是一条连衣裙，你穿着那条连衣裙，单脚点地旋转，你抬起一只手，看着它，那是一只新的手，那虽然是你的手，但你以前不曾见过，你大笑着说：我长了一只新的手，看着我的手，吉姆，它在挥动，这只手永远不会再回家。

圣诞前夕，他开始出现变化。我不清楚原因，我们站在操场的雪地里，我问他是不是出了什么事，要不要告诉我，可没有事啊，他说。一切都一如既往，他说，但分明不是这样，我那么回道，我说，吉姆，一定出了什么事，你完全变了个人，你是不是不再喜欢我，是因为那样吗，我说，你厌倦了我，不过既然如此，你只要照实讲出来，那会好得多，我说，这是实话，我的确那么想。他回道，你为什么说我变了，我没变。可你确实变了，我说，你不再开怀大笑，你总是那么严肃，那令我感到难过，你连碰都不碰我。你为什么不碰我。我不必成天和你卿卿我我吧，他说，我说，我得走了。我们有物理课，可我一窍不通。在物理上。

第二天，他没来上学，再后面一天是全校的期末考试，于是他来了，和我们一样走进考场，事后，据他班上的同学讲，吉姆花了不到一个多小时，答完全部试卷，其他人则在考场坐了两个小时或更久，那天我们没有见面，他结束得早，比我提前很久回家。后来，他返校了几天，我们在操场碰到时如此尴尬，我想，完了，我们彼此没有再讲一句和气的话，但也许并没有完，我不知道恋爱该是什么样的，我只在电影里看过，还可能在和汤米一起时感受过。我只能等待观望。我想和吉姆在一起。我不想回到过去。

元旦过后，他一天也没回来上课。这令我为难。我不可以径自去他住的街区，敲他家的门，我不可以贸然出现在那儿，那会招人议论，被所有老人家看见我在那条路上，他们会怎么说，我们的房子烧了，一切都没了，我要去哪里呢。我不好意思向人打听，就连对汤米，我也难以启齿。最后，我去找了学校的马蒂森。吉姆和他尽管在年龄上有差距，可以说阶层也不同，但他们是朋友，时常在放学后也见面，讨论历史与政治，马蒂森告诉我，吉姆病了，我问他病得重不重。恐怕挺严重的，马蒂森说，他住院了吗，我问，有那么严重吗，我问，因为那样，我可以去医院看他，在第三方领土上，假如有这样的地方，可惜不，我想没有，马蒂森说，我想他是住在家里。住在家里。他为什么不单说在家呢。仿佛家里也是一种医院似的。

后来，他真住了院。那已是春天，三月，出了一点状况，他幸运地转危为安，有人说，我不记得是谁，两个星期过去，我又去找了马蒂森，问他是否知道发生了什么，他说，这件事，他不能讲，我问他，在他看来，我去医院探望吉姆是否合适，他认为那样做不大好。马蒂森和吉姆的母亲通过电话，她说，吉姆现在最需要的是静养，最好谁也别打扰他，医生显然担心他会因此而情绪波动、焦虑，最后导致病情恶化。但我还是坐火车去了利勒斯特伦，然后搭开往医院的蓝色公共汽车，在那儿下车，穿过广场，经过一辆斜停着的红白相间的救护车，车尾的门开着，一副担架抬出来，我继续朝正门走去。

在穿过宽阔的广场时，我能看见他正站在医院外的门旁，穿着一件白色住院服。他在抽烟，天很冷，我戴了帽子，穿了粗呢大衣，我想，他怎么能站在天寒地冻的外面，就为了抽烟，平时在默克镇的家里，或不管我在什么地方，吉姆朝我走来或骑着自行车过来时，他会远远地看见我，朝我挥手，事后他会说，西丽，无论你离我多远，我都能认出你，就算一片漆黑，我还是能看见你，他说。可现在，我径直朝他走去，他的反应却是看看地面，抬头仰望天空，左右张望，当他终于直视前方时，他没有看见我，即便这么近的距离，他也看不见走来的是谁，他没有挥手，没有向我示意或打招呼，他站在那儿来回倒脚，举止古怪，他一个劲儿地抽烟，对着蓝天发呆。

接着我在广场中间停住。那真傻，我在清冷的寒意中感到脸上一阵火烧，血液在我耳朵里汩汩作响，我相信全广场的人都能听见。我感到羞愧，心想，你在这里做什么，你以为你是谁，我羞愧难当，几乎无法呼吸，我转身，往回朝汽车站走去，经过刚才那辆红白相间的救护车，此刻车尾的门已关上，离开医院的路比去时更长。

我到了公共汽车站，查看牌子上是否有回利勒斯特伦火车站的车，几点出发，可我读不懂那张时刻表，发车时间写得乱七八糟，两边行列里的数字稀里哗啦地落下来，因此我放弃，呆若木鸡地站着，等待我不知道何时会来的车。我隔着广场瞥了一眼医院和入口处的双重玻璃门，吉姆白色的身影仍在院外。我看见他的头顶上有灰白的烟缭绕升起，继而在冰冷的空气中变成一道直线，但我辨认不出他的脸，他也辨认不出我的，无论我们相距多远。然后他突然不见了，我向右转身，朝小山头望去，看见公共汽车俯冲过光亮、结冰的柏油碎石路面，进站时侧滑着，刚好在我跟前停住。透过车前的玻璃窗，我能从嘴形看出司机在说"见他妈的鬼"。

吉姆和汤米穿过树丛间的小路，朝艾于提恩湖走去。冰面在月光下莹莹闪亮。雪没至他们的脚踝。他们的冰球刀鞋挂在胸前，鞋带绕过脖子绑在一起。他们俩都戴了帽子，吉姆的长发掖在帽檐下，他们的模样变得陌生、与平常不同，连他们彼此都这么觉得，虽然汤米比吉姆高，但他们戴帽子时比不戴帽子时模样更相像，只是他们自己没意识到。

月亮映在冰面上，冰看起来的确冻得很实。那是一个蓝色的冰之夜，零下十度，月光照亮了湖后面部分岩石嶙峋的山丘，沿着从山顶下落至远处堤岸的峡谷，在山体上画出条条黑线。湖边一棵斜生的杉树，在冰上投下曲折的树影。天空里没有一片云。一切悄然不动。他们在岸边的雪地里驻足片刻，凝视眼前的景色。吉姆朝汤米转身说：

"做一个虔诚信教的人，不需要宏大的理由。"

"你已经很虔诚了。"汤米说。

"说实在的，不再像以前那么虔诚。"

汤米没有答话，而是挺直背站着，遥望远处湖对面的堤岸和山影，还有树丛间的几线月光和晶莹无瑕的冰面。

"我将注定下地狱。"他说。接着他们往冰上走去。

那是冬天，一九七零年的十二月，他们俩相继满了十八岁，吉姆在十月，汤米在十一月。才过两天，汤米就考了驾照，给自己买了一辆白色的旧梅赛德斯车，那是他一直存钱想买的。披头士乐队解散了，他们绝无可能重组，回到像从前一样。罪魁祸首是小野洋子，但是不是她都一样，没什么可说的，那甚至不教人感到伤心。六十年代反正过去了。一个时代结束了。

此时他们拎起鞋带，越过头顶，把冰刀鞋扔在冰上，脱了羊毛连指手套，跪下，解开打的结，拉开鞋舌两侧的皮，让脚可以伸进去。他们拉紧鞋带，仔细地一直缠至脚踝，绕了两圈，打一个简单的结，然后再将鞋带向下十字交叉，紧紧绑住皮革和冰刀之间的脚，最后将扁平的棕色鞋带打成一个蝴蝶结，站起身，在冰上小心地走了几步。他们很久没在冰上滑冰，但那比预期的顺利，汤米和吉姆都没觉得脚踝发软打弯。他们缓缓出发，并排，沿着湖岸，大多数时候必须抓着彼此的肩，臂膀搭着臂膀，手搭着手，直至他们转入第一个小弯，又再出来，继续前进了一小段，动作协调不少。接着他们加快速度，绕着艾于提恩湖的边缘滑了一圈，这下更有信心了，那好似花样滑冰，飘逸，旋转着穿过空气，汤米大笑起来，老天爷，他喊道，我们来了，他们俩都大笑，他们的声音有一种很特别的音效，一点不像在树林里，倒更像在一个房间内，在一座室内舞台上，但没有观众，若真是那样，那当然是重点所在，本就不该有观众，他们用力蹬了几下冰刀，以笔直的路线向湖对岸奔去，中途一个侧身刹车，冰刀下飞溅起雨点般的碎冰，和电视上冰球比赛里的场景一样，他们停下，站着不动，仅徐徐地环视左右，四周除了森林什么也没有，今晚外面没有别人。

吉姆喘得厉害，从他口中呼出的气变成冰冷的白雾，说话的人是他：

"汤米。我们做了多久的朋友？"

"从出生开始。"汤米说。

"我想不起我们有不是朋友的时候。那该是在什么情况下。"吉姆说，"我相信我们的友谊会持续一辈子，"他讲得小心翼翼，声音很低，"你觉得呢？"

"我们会变。以前的我们比现在有更多相似之处。"

"我们从来没有相似之处。想想你的父母。你的经历。"

"恐怕的确如此。你向来是个基督徒。我则从来不信基督教。或许有一点点。信一点点基督教。"

"我不再是基督徒。我现在信仰社会主义。"

"对，没错，你信仰社会主义，"汤米说，"不过我们的友谊，如果我们想维持，便会维持下去。那取决于我们。只要我们想做朋友，我们就是朋友。"

"我们是想做朋友的，对吧？"吉姆问。

"当然，"汤米说，"至少，我想。你难道不想？"

"我当然想啦。"吉姆说，他感到如此开心，没有汤米的未来会怎样，人生会怎样，他们可以这样交谈，仅因为那是在夜晚，在不一样的光线下，他们戴着帽子，那使他们与白天现实世界里的他们有所不同，同时又使他们彼此更相近，尽管汤米的个头比吉姆高。可他们看不到那一点，月亮照在艾于提恩湖上，天气冷极了，横竖没有人会认出戴着帽子的他们，一切都不似平常，他们可以无话不讲，吉姆问：

"是不是因为你觉得我这个人还可以，所以跟我做朋友。我身上有什么特别之处，在你看来是优点。"

"我们是朋友，因为我们是朋友。我们向来是朋友。你是吉姆。你永远是吉姆。"

"那是不是好事？"

"当然是好事。"

"太棒了。"吉姆说，但突然，他不大确信这是否足够。感觉好像不够，不完全够，因为也许你更得是个值得交的朋友。他几度有过那个想法，认为应该使自己无愧于当别人的朋友，感觉那才是友谊。但他忍住没讲出来，他放下这些顾虑，转而问道：

"你有没有你母亲或父亲的消息？"

"没有。"

"你难道不觉得伤心？"

"不，我不觉得有什么伤心的。我根本不在乎。"

"我能理解你的心情。"吉姆说。汤米想，是吗，也许他真的理解，他们如此亲密无间，说不定会有某些心意相通之处，如一道电弧，让一方体会到另一方的感受。那是有可能的，因为此刻他正在想到他的母亲，幻想她会看见他在夜色下的湖上滑冰，用他不记得的声音在天堂对着下面说话，底下那个是我的儿子吗，她问，戴着那顶帽子的，不，不是，我不认识那个男孩，他看起来不像我的汤米，他的样貌当然不再似从前。她已失踪六年，正因为如此，除了约恩森，他只有吉姆这个朋友，约恩森更像叔叔，是他在锯木厂的老板，他在厂里全职上班，迄今第二个年头。他有西丽，但西丽变了，她在瓦尔默上高中，和利德森夫妇住在默克。他见过她几次，按以前的惯例，他们在加油站碰头，从合作商店后面下到湖边，但往往，当他们再度走上来时，心中懊恼沮丧、场面尴尬，他们不再那么频繁地见面。双胞胎姐妹变得与街坊四邻的其他小孩一样，她们异口同声地说，嗨，汤米，嗨，约恩森，手挽手走在路上，与他们擦身而过，汤米停下脚步，目送她们消失在利恩家的门后，她们一次也没有转身回头看他，那个曾经照顾她们的人，她们的哥哥。

"他们的事，我不谈。"汤米说。

"我明白，"吉姆说，"你不必谈。"

"我知道，"汤米说，"你问没关系。只是我不想谈他们。没什么可讲的。"

"我不会介意。"

"我明白。没事儿。我们要不要再滑一圈。"

"好呀。"

事情就发生在那一刻。他们身下突然传来冰裂开的巨大声响，一样响亮的还有从湖后面山丘反射来的回声，差点将他们击倒，他们惊恐万分，心想，完蛋，该死的冰正在他们脚下碎裂，冰面会分开，我们会掉进黝黑、寒冷彻骨的水中，顷刻，我们会全身麻木、溺亡，那毫无疑问。

穿着冰鞋，别想泅水。因此他们向前冲去，仿佛发令枪一响，那是在比斯莱特体育场举行的速滑冠军赛，有内赛道、外赛道、看台及所有相关设施，但这不是滑冰比赛，没有人会做他们的观众，月光下，艾于提恩湖上只有吉姆和汤米，接着又咔嚓一声，粗厉刺耳的声响划破柔和温婉的夜色，他们向前一扑，用冰刀点地，推动身体，即便如此，他们移动的速度仍慢得难以置信，像在慢镜头下，仿佛置身于浓稠的糖蜜中。那样准会出事，他们俩都能预感到，或至少吉姆预感到，所以不管是有意还是无意，他猛地挥出右臂，戴了连指手套的手击中汤米的胸口，让他向后倒去，吉姆则向前一弹，汤米被推飞，落在结冰的湖上，膝盖着地，继续向后滑了几米，最后用手肘支着冰面才稳住，他双手擎在空中，目睹吉姆的背影，他上了岸。

汤米用穿着冰鞋的脚缓缓支起身子，拍干净手肘，掸掸膝盖，喊道：

"老天保佑，吉姆，只是冰沉降而已，那碎不了，那太厚了。只是沉降，"他大声说，"天气冷得要命时就会出现这种情况，那只是冰在扩大，吉姆，然后沉降。"

吉姆此时跪着，在岸上，他的膝盖埋进雪里，他摘下了帽子，既没应答，也没转身，接着，他用一种压抑得怪怪的声音喊道，那像是从麻袋或某些别的可以把你整个人装进去的东西里面传来，他背对着汤米和艾于提恩湖：

"我知道，那只是沉降，是这么回事，我知道，我没有害怕，不是那样的，我无意阻挠你。我只是绊了一下，必须找个抓手的东西，我失去了平衡，你懂的，对吧？"

汤米重新站起来，穿着冰鞋，慢慢滑向岸边，他裤子的膝盖处磨白了，光滑锃亮。

"我当然懂。"他说，他的语气温和，他追上吉姆，把手搭在他的肩膀说，"哎呀，我也失去了平衡，我差点摔倒，那咔嚓声真他妈太响了。"他说，然后弯下腰，把嘴贴在吉姆的耳边说：

"戴上帽子。你会把耳朵冻掉的。你的耳朵已经发白，它们会掉下来。"确实，吉姆的耳朵冻僵了，寒意像刀似的割着他的耳朵，那很痛，吉姆感到一股按捺不住的冲动，想盖住耳朵，把两只耳朵都藏起来，用手捂着它们，重新戴上帽子，但他必须再多挨一小会儿冻，那感觉理所应当，他非那么做不可，他必须再多坚持几分钟才行，别无他法。

"嘿，吉姆。把帽子戴上，"汤米说，"你的耳朵会痛的。"但吉姆不听，汤米陷进雪里，抓起那顶帽子，但吉姆死拽着，不肯松手，汤米说，看在老天的份上，然后硬把帽子从吉姆手里夺过来，戴到他头上，盖住耳朵。那是一顶红色的羊毛帽，一顶富有社会主义色彩的帽子，去年秋天，吉姆的母亲坐在电视机前的椅子上，毛衣针咔哒咔哒，满屋子都能听见织帽子的声响，咔哒、咔哒、咔哒，两根毛衣针来回，咔哒、咔哒、咔哒，用的可能是那种圆头针，应该错不了，吉姆想，他喜欢那顶帽子，像旗帜般鲜红，但在艾于提恩湖畔的幽暗处，那不易看得出来，此时他们俩正并排跪在岸上的雪地里，他们的靴子也在那儿，你能望见湖对面，月亮仍在发出几近不真实的温暖、晕黄的光，照在冰上，但现在已不如一个小时前看上去那么令人向往。汤米无论如何再也不想走到冰上去，他感到不舒服。

"我不是故意推你的。"吉姆说。汤米接话：

"我知道。你就别想了，什么事也没有。"

"但这是真的，我不是有意的。"

"看在老天的份上，吉姆，停止你的胡思乱想。"

Ⅱ

夜深了。他戴上帽子，来到屋外的门阶上，站了片刻，抬头看看天色，然后关上身后的门，从家里出发，沿马路朝贝里格伦家走去。天很冷，两边积着齐腰高的雪。大部分是过去几天里下的，屋子两侧的空气凝重、发白，一片混沌，屋前小径入口处的门上也许可以贴一张告示，"此路不通"，"请别抱希望"，也许可以这么写，暴风雪减弱后，家家户户出来，清扫从门阶通往路边垃圾箱的步道，所有人都现身，一户也不差。每间小屋的门前站着一个男的，弯腰、铲雪，发出有规律的哼哧声，仿佛有人站在那儿，用硬物敲击自己的肚子，保持节拍。最后能看到的只有那顶蓝帽子在一起一伏，他每铲一锹，雪像飞花似的飘过雪堆，偶尔你会瞥见一张红通通的脸和紧握铁铲的手，戴了毛线连指手套，但路也被雪覆盖，整片居民区都未能幸免。没有车能驶出去，没有车能驶进来，对许多自己没车、在需要时靠蹭校车的人来说，那时，连校车也无法在雪中通行，还有垃圾车。那造成不便。

此时天没有下雪，但路很难走。四周黑漆漆的，只有约恩森一人独行在外。扫雪车要到明早才会从大老远开来，清出一条够宽的通路，至

124

少能让载着孩子的校车驶上主干道，但眼下，约恩森不觉得有可能那么做。他记得，多年以前，六匹强壮的马散开成扇形，后面拴着雪犁，拖着它在深深的积雪里沿路而行，五个男人站在雪犁上，以防它翻倒。雪犁经过后，所有邻居排成两列，分立于马路两侧，手持铁铲，每年冬天，他们重复同样的活，繁重的劳动，沉重的马，无需工头，大家主动到场，都知道该怎么做。清晨，他们朝窗外望去，发觉居民区积雪之深，必须想办法处理，于是他们全体现身。有一次，堆起的雪很高，站在最顶上铲雪的人一伸手就能够到电线杆之间的电线。当时约恩森还只是个孩子，他看见男人们高高在上，穿着敞开的夹克，制作夹克的材料有几分特别，内层、外层，还有白花花的雪，那是他记得最清楚的，面料的粗糙、灰白，他记得那些纽扣，每一粒表面亮晶晶的，很是耀眼，打旋的风卷来冰霜，遮去他的视线，他闭上眼睛，抵挡冷空气的涡流。一个陌生人拍了一张照片。他跪在半融化的雪里，把相机对着陡峭的房檐，那张相片登在报上时，雪堆看起来比实际的更高。"我们不等政府的扫雪车。我们不等任何人，"照片下印着，"我们自主自决。"

他们约定的时间是十一点。汤米一上床熟睡后，她准备了第二天的午餐便当，四份，排列在厨房桌上，汤米和西丽各一份，他们得去上学，双胞胎姐妹各一份，她们想要有自己的便当，她用漂亮的花体字在每份上写了他们的名字，仅此而已，她没有别的可做的，也没有理由感伤。

但这大雪扰得约恩森六神无主。他没有第二套方案。那能是什么方案呢。车停在车库，车头露在外面，准备今夜上路。那是他唯一的计划，在天一黑、汤米一上床后，他会接上她，驾车带她离开。第二天，她的丈夫、垃圾工贝里格伦会在破晓时分回家，到时已经太晚了。

　　和其余人一样，贝里格伦清除了通往他家屋门步道上的积雪，但那是早在二十四小时前的事，此后他没回过家，风吹来新下的雪，高高积起在步道上。虽然也许不算太糟，但两双靴子的鞋印，一大一小，会留在雪地里，等天亮时被大家看到。或可能会有更多的雪积起来。约恩森不得而知。他没听广播，他一直站在他黑色的欧宝船长轿车旁，不是英语的船长"Captain"，是德语的"Kapitän"，每次人们用英语发音念"欧宝船长"时，总教他感到恼火，不是"Captain"，是"Kapitän"。见鬼，这些连字也不认识的家伙。他在狭小的车库里，俯身在车子的引擎前，车库的外墙是锡铁皮，冰冷刺骨，向内的一面上结了霜，他想，看在上帝的份上，别慌。有根橡皮管漏了，连他也看得出来，他四处搜寻，找到一小节可以用来替换的管子，他用联接螺旋夹使劲塞住两头。他还必须绷紧风扇皮带，他十分确信他知道皮带的位置和应该怎么做，可他感到手足无措。他应该去找吕斯布帮忙的，但不行，光是想到一会儿，今夜，风扇皮带会发出响亮、尖锐的声音，就使他紧张得不得了。人们会扑向窗口，看见他的车前灯照着路面，知道他们是从哪个方向驶来，对于会综合事实推理的人来说，这将显而易见。当然，他们不一定会小题大做。这一点，我始终有数。

　　他放下引擎罩。他能做的只有这些。这辆车得一直坚持开到奥斯陆、再开回来，去六十公里，返程六十公里，那是问题所在，而且这一次，他没有任何帮手。她不能坐火车，不能被人看见站在月台上。

他轻轻地敲门。我为什么要这么做，他想，门立刻开了，她必定一直守候在门旁。汤米已经上床，睡着了。那小子，他时不时屁股着火似的溜去约恩森家，坐在收音机旁的软沙发上，后来，变成在电视机前。

他在门口看见她的脸。这张脸在现实生活中看起来不同于你孤身在床上、试图在脑中唤起的面孔。现实生活中，嘴角附近的皱纹更加清晰，那里面有着某些可以改变一切的东西，眼睛里有着某些黑暗中不存在的东西，那张可以开启不说话、又闭上的嘴，没有什么是不可能的，狂放的梦，好似恐慌。他想，那就是原因。他可以在内心感受到。假如今晚她离家出走，那对我有何好处，他想。

"我不知道我们怎么能顺利成行，"他说，"雪那么厚，我怕我没办法把车开出来。"他看见她的手提箱放在她身后的地上。不是很大。那就是她的全部东西吗，他想。

"你就带那么点东西，"他问，"没别的了，别的私人物品？"

"没了，"她说，"没有一样东西是我的。"接着她又说，"我们总得试一试。"

"但车子不可能开得出去。我讲的是实话。"

"那么我这一生就完了。"她说。

他在脑中反复盘算，从这儿到主干道有多远，六百米，七百米。如果他能使车子加速起来，那也许没问题，可路上哪儿有能加速的路段，他至少需要五十米的提速空间，一米也不能少，要清出这样一段足够长的路，靠他，估计得干到天亮，总之毫无希望，就算他们开上主干道，那儿也可能仍积着雪，没有清扫过。此时他感到走投无路，心中暗生恼意，倘若他们被困在雪地里，无法使车子掉头或倒着开回家，他们还能怎么办，除非在众目睽睽下走回来，那样的话，一切将曝光。

"你这一生不会完的，"他说，"只是现在我们没有机会，今晚不行。"他说，她没有反应。

"你不能站在这里，"他说，"不能有那个手提箱。"天又开始下雪，他抬起头，风变大了，他想，我要带她一起走，如果雪一直下，新积的雪会掩盖我们的行踪，会的。看那天色。让雪下吧。

圣诞节即将来临。有些人家的窗户里点了电子蜡烛，那是新风尚。他向门内探身，用两根手指握住手提箱的手柄，留心不踏足屋内一步，他打死也不想在那儿留下他的踪迹，他把箱子拉过来，拎到门外，她站在那儿，穿着靴子，戴着保暖手套，头上包了头巾，准备就绪，她看上去比实际年龄苍老。她才三十出头，他也差不多，此时，她一副人妻的模样，当然，她的确是人妻，但他没有一天能忍住不去想她的嘴角、她耳后的肌肤、她暴露的手掌、她赤裸的身体，那如此奇迹般地出现在他眼前，来得如此突然，在一天晚上，他们在他家厨房坐到夜深时分，她郑重地向他讲述了她此前的人生，他被她的声音迷住，坐在椅子上无法动弹，他的手肘支着桌子，两肘间那杯斟满的白兰地，他碰也没有碰，如你可能所料的，冰凉，没有温度，当时的他并不知道，她的身体冰凉是不是一件好事，一件美妙的事，那是不是理当如此。事情实在始料未及，是他生命中最大的意外，但爱情，不是。今晚，他眼中的她完全不是那样，她俨然换了一个人。这个女人心中有恐惧，赤裸的那个没有。

他在前面领路，朝他家走去。"跟在我身后，"他说，"踩着我的脚印，这样他们区分不出来，那很重要。"她遵照他的嘱咐，那想必是奇怪的一幕，当时他所做的是祈祷。他对上帝说：请让大家今晚都安睡，请让大家别在这个时刻从床上起来，坐在窗边的椅子上，凝望外面的暴风雪，满脑子尽是他们睡梦中无法摆脱的忧虑，结果看见我们的身影，看见这个女人在厚厚的积雪里踩着我的脚印。在白雪反射的柔和的光线下，一切事物，无论多暗，都变得相当清晰，此时已过午夜，假如有人看见，假如真的有人会看见他们，对当地居民来说，他将不再是以前的他，他们将永远对他另眼相待，他再也无法在这片他住了大半辈子的街区待下去，但这不在她的计划中。她没打算要他跟她走。

他们进入走廊。他让门开着，把手提箱放在镜子下，他没有看她，而是拿了一把扫帚，径自走回去，清扫半个小时前他才刨干净雪的四级台阶，然后操起一把铁锹，一直铲至大门为止。此刻的他火冒三丈，他穿着夹克的身体在颤抖，他只花了五分钟就清理完步道，接着他重新走上台阶，把铁锹放在门旁的屋檐下，跺去靴子上的雪，进屋，随手关上门。她仍站在走廊里，穿着她的灰色外套，一步也没挪动。

"你还在这儿，进去吧。"他一边说，一边开始不耐烦地解开她外套胸前斗大的扣子，他的动作如此粗暴，以致一颗扣子松脱，靠一根细线吊着，她说：

"你干什么？约恩森，住手，我完全有能力自己解开外套纽扣，我不是事事都需要你的帮助。"当她称呼他"约恩森"时，他感到心灰意冷，噢，天哪，那个姓氏所包含的距离，仿佛他不像其他人有名字似的。但自他念书以来，没有人用别的方式称呼过他，不过那时，他们全用姓氏称呼彼此，纯粹为了好玩，犹如年少老成的昵称一般，那是他们当时的风气，和大人一样，他们把书包夹在左臂下，敬礼时伸出两根手指，举到帽檐，但渐渐地，他们的名字恢复成维尔达、奥拉夫、厄伊温或别的他们受洗时取的名字。唯独他的姓氏保留了下来，在此后的岁月中，约恩森变成固定称呼，他不明白原因，但他真实的本名慢慢融化进空气里，融化进稀薄的空气里，时而，仿佛连他自己也记不起除了约恩森他还有什么名字，如今，她也把他当作约恩森，即便他唤的是她的名字提雅，他十分喜欢她的名字，可他不再用这个名字喊她，他对她不再有任何称呼，这个曾与他上床的女人，她身体冰凉，手脚张开躺在他的床上，他则一时间全身发热，但这片地区的人不认识她，她怀着汤米，坐在贝里格伦的车里，搬来这儿，就他所知，她可能从来没听说过他的名字。

"行，"他说，"你自己来，但赶紧把那外套脱了。"他听见自己说的话和使用的语气，心中明白，不该这样对她，是他主动提出帮她的。

"抱歉，"他说，"不急，你自便，我给你在客厅搭一张床。"她接话：

"你不妨给我们俩搭一张床。那才好。"她说。"可不是嘛。"他照做了，拿出挺括的床单，卖力铺好他们俩的床，但她在干事过程中虎头蛇尾，像常言说的，她的表现虎头蛇尾，她心不在焉地同他做爱，一度，就在中途，当他正忘我地沉浸在云雨中、激情四射时，她说：

"你认为雪会不会一直下？你认为我是不是得再多等些时候？"她一心只想离开这儿，他们躺在床上时，她脑子里想的没有别的，就算她问他圣诞节想要什么礼物，他也不会像这样不知所以。他一阵紧张，失去先前的火热劲儿，仿佛他可以从上方看见自己的背，撑开，伏在她身上，几乎盖住她的整具躯体，他可以看见自己的臀部，还有大腿，她的目光从他耳朵一侧盯着天花板，盯着除了他的脸以外的一切，他想，我不能像这样躺着，我在自取其辱，可结果他还是照旧，慢慢地，又开始动起来，继续她开口讲话前他停下的动作，而且速度更快，他想，我要我能得到的东西，或者说，能有什么就享受什么，到那时，他们之间已没有爱，而变成另一种关系，事后，他觉得那是什么关系无所谓。

第二天一早，扫雪车把他吵醒。她已坐在长沙发上，蜷缩于窗下，只穿了一件白背心，全身上下都是白的，她把头微微探过窗子边缘，望着马路，虽然天还没亮，但外面的马路在她脸上投下一道白光，她的脸雪白，膝盖耸起，抵着下巴，双臂交叉，抱于胸前。她的背那样拱着，也许本会使她看起来像个小姑娘，只是少了辫子。可实际她看起来不像小姑娘。

她从窗口转过身，此时的她流露出热切的表情。

"我睡不着。"她说，似乎的确如此，她好像一眼也没合，但他睡着了，他没察觉她起来，发现床上只剩他一人，他心想，啊，事情又恢复成以往一贯的状态，他感觉他在自己家里成了多余的人。

她说：

"校车一个小时后会来。"

"那我做点早餐吧，"他说，"你不用一整个小时都坐在窗前。"

"我不能分心，"她说，"你难道看不出来。"

他走进厨房，烧水准备冲咖啡，最后，她也跟他进来吃早餐，他们吃饭时，拉着窗帘，吃完后，她没有向他道谢，而是站起，走回客厅窗旁，蹲下，不让外面的人看见她，然后坐到长沙发上，眼睛刚好露出窗台，她依旧只穿着一件白背心，那忽然令他难堪极了，她不在乎在他面前是穿衣服还是不穿衣服，她完全不把他当回事。

"车来了。"她说。

他能听见柴油引擎的轰鸣从坡上传来，那是校车小心翼翼地转下主干道，驶入这条小路，然后从路的另一头再回主干道，他不清楚雪是不是有扩音效果，给那噪声增加了一种格外沉闷的回响，但整间屋子和他的整个身体似乎振动起来，她把前额贴着窗户，看能否瞥见她的孩子上车，在沿马路更下坡一点的地方，接着，校车从约恩森的屋前驶过，她的两个孩子在车上：西丽永远坐在校车中间，汤米坐在后排靠窗的位置，高出吹积起的雪堆，让人看得一清二楚，他盯着正前方，一次也没有往旁边看，他把他的午饭便当举在空中，上面有他的名字，用花体字写在灰白的卡片上，在当下那一刻，这教人很难不相信，他那么做是有原因的，但自然，他不可能有原因。

　　她穿着白背心坐在长沙发上，眼睛刚露出窗台，注视校车载着汤米和西丽驶过居民区，目送他们消失，难以料想的是，仅一个小时后，她也将消失，从此不见，是他，约恩森，在雪地里驱车六十公里，送她到奥斯陆的一座码头，她在那儿，在最后时刻，签约成了一艘船上的雇工，未几，这艘船将起锚，航行过奥斯陆峡湾，直至抵达鹿特丹再进港。

1971年

　　我关上身后社会保障署办事处的门，走到楼梯井，呆立了几分钟。我感觉身体有点颤抖，那不意外。但没事。

　　楼梯安静无声，没有人上来，没有人下去。只有从底下商场和店铺传来的隐约、细微的声响。墙壁刷的颜色与全世界每家政府机关办事处的楼梯井一样。此时，假如有人上楼来，他们肯定会知道我为什么在那儿，我刚才去了哪里，我并不在乎，但我还是快步朝电梯走去，电梯在一楼，我按了按钮，转而改变主意，走向楼梯，小跑着下了三楼，到地面一层，穿过购物中心，来到宽敞的大堂，乘自动扶梯到三层，走进角落的小餐馆。我经常去那儿，那是个不错的地方。餐馆对着中央大厅的一面没有墙和门，可以直接从长廊和那儿连排的店铺走进去，主要是时尚精品店，像酷布斯、型男那类，到了小餐馆里，我把夹克挂在一张椅背上，朝柜台走去，点了一份晚午餐，或说提前的晚餐，取决于从哪个时间点来看，我用托盘端着餐点走回桌旁，然后又去取咖啡和果汁。柜台后面一向是那位友善的女士，从来不变，我每回去，她都认得我，询问我的近况，可我并不作答。我只是点头微笑。我该说什么。每次的菜单也一样，我每次都点同样的东西。六个多月前，我决定就这么办。那远比站在收银台前、必须从所有可选的餐点中做出选择却选不出来强。

我身子一瘫，坐下。我的体力其实没有那么不济。不消说，是抽烟使我有点颓萎，但我经常去我居住的卫星镇四周的树林里散步，走很长距离，有时远得几乎无法在晦暝中沿小径找到回家的路，因为我心事重重，就是没去惦记前面的路怎么走。过后，我想不起那些心事来。我已连续好几晚没怎么睡觉，譬如昨晚，我在四点醒来，坐进车里，开车出门，在我这个年纪，那要付出代价。

我把餐巾铺在腿上，松了松领带，一条难得的领带，我仅有的两条中的一条，但你总要花点心思，回想起住在"地堡"期间，我记得最清楚的是我时常站在医院宽敞的双重门外，面朝停车场和大广场对面低矮的公寓楼，救护车鸣着笛驶入驶出，那岂不奇怪，我想。无论天气如何，我站在那儿抽烟，上身只穿着白色的住院服。医院里有吸烟室，一层楼一间，但在家时，我若烟瘾犯了，母亲总命我到屋外的门阶上去，经过一段时间后，在室内抽烟感觉像一桩不可饶恕的罪，更别提是在医院里。

我本可以换件别的，或套上夹克，遮住那一眼就可识别的上衣，掩盖我是病人、不是访客的事实，但不知何故，站在那儿、冻得背脊失去知觉，变成一种自豪、反抗的表现，仿佛那是我肩负的任务，一项重要任务，有点像星期六花半天时间在默克火车站摆摊卖《声援越南》的刊物，支持民族解放阵线在越南抗击美国士兵，而招来的只有谩骂。因此我就这样站在风中，怀着几许大无畏的精神，仿佛在向这个世界发出抗议：精神病人也是人！当然，有些人也许会对此心存怀疑，但至少，就我而言，我认识的人里没有。而且大多数从我身旁走过、进出中央医院的人可能以为我是疯子，只穿着像纸一样薄的住院服，站在外面的风雪中抽烟。

后来入了春，外面暖和起来，早晨有阳光，轻风拂面，舒适宜人。

汤米从默克来过几次，和我一起站在那儿。他裹得严严实实，但他不抽烟。他从不抽。鉴于他的父亲。后来，他不再来了。我不记得原因。他说的许多话我都不记得。我自己说的许多话，我也不记得。抑或，我们是否讲过什么重要的话。自此，我没再见过他，直至九月的那个早晨，在奥斯陆连接大陆和乌尔夫亚岛的桥上，两者间相隔了三十五年。医生一准我从"地堡"出院，我们就搬离了默克。我的母亲恨不得越早越好。一天清晨，在大家没起来前，我们把所有家当装到平板卡车上，用绳子绑好，开走了。我们没有向任何人道别。

即使没了汤米，我也不总是独自一人在医院外面。弗雷德里克也过来，久而久之来得颇勤，站在我旁边抽烟。是因为我，他才开始抽的，或更确切地说，他开始抽烟，是因为这样，他可以有更充足的理由，和我同时站在同样的地方，站在医院的入口处旁。倘若他抽烟的话。那是他的逻辑，尤其在最开始，他的咳嗽声真教人听不下去。老天爷。他必定有点不正常，我想。他的确是。那是他住在这儿的原因。也是我住在这儿的原因。

他向我讲述他的母亲。他是独子，父亲在他五岁时过世了。他爱他的母亲。她也爱他。她将一生的心血倾注在弗雷德里克身上，他欣然接受，可是，她成了一切，而他什么也不是。

"既然她把一生都给了你，怎么会她是一切，而你什么也不是。"

"那正是活见鬼的地方，"他说，"我搞不懂。我绞尽脑汁，想了又想，"他说，"但就是想不明白。"他应该比我年长十五岁，但他只同我一个人说话。他甚至不怎么和医生交谈。"他们一心只想把我送回家，"他说，"可我不想回家。我在这儿反而更自在。"

我们住院部有一个电话亭。不像奥斯陆街头红色、抢眼的那种，而是一个隔音的小房间，有一扇有机玻璃窗，因此外面的人可以看见里面打电话的人，但听不见说的话。

弗雷德里克每天晚上打电话给他母亲。

"我必须准时打卡出勤。"他说，我确信他是在开玩笑，但他不是。我问："你难道真的必须这样？你已经三十多岁了。"他接话道：

"你是不是疯了。我当然必须这么做，假如不这么做，那成何体统。"我们经常互相讲那句话，你是不是疯了，怎么怎么的，说完我们大笑，但他不是在试图逗乐子。

在他接通电话的几分钟后，我能透过有机玻璃窗看见他咬起嘴唇，接着开始流下鼻涕，最后，他闭紧双眼，哭哭啼啼，那不是一个男人哭泣的样子，男人即使哭泣时，也是克制、收敛，不露声色的。但弗雷德里克哭泣时，他的嘴大张着，脸裂成两半，犹如小孩在马路上玩耍——可能在玩跳房子或跳绳之类的——突然摔倒，在柏油碎石路面上磨破膝盖时的表情，嘴巴张得像一道宽阔、黝黑的峡谷。我见过这种场面许多次，并听见无声的喘息，接着是嚎啕大哭。我十分确信弗雷德里克在嚎啕大哭，但他身在隔音的电话亭里，就算他真这样，我也听不见。他在有机玻璃窗后面张着嘴巴，没有声音，那嘴张得很大，像个深不见底的盆子，那景象非常、非常怪异。

事后看来，很难说你在什么方面精神失常。我知道我为什么会住进"地堡"，问题不在于此。我能清楚记得，我企图在柴棚上吊自杀：柴棚里有木柴，主要是桦木，也有桦木和云杉木，我记得我想到，放在炉子或壁炉里烧火用时，桦木大大优于其他种类的木头。它不会像云杉木那样发出噼啪声，溅起赤红、橘黄的火花，在房间里飞扬，在地板上留下深棕色的焦痕，而且桦木也更经烧。不好的是，假如没有一片属于自己的林子，必须购买的话，桦木价更高。那是我当时心中所想的。我站在那儿，手里拿着粗绳，一边琢磨烧木柴取暖的经济考量，一边仰望天花板，看是否有地方，在我踢掉随身带来的凳子后不会断裂。

但我不记得我为什么企图上吊自杀。事实上，我也不记得我精神失常。或说病了。假如那样讲好听些。我在哪一方面病了。相反，我感觉一切正常，感觉周围的世界与我认识中的一样，而且我也循规蹈矩。我感觉我与这个世界步调一致。我真这么感觉。但一定有地方出了问题，因为他们让我在"地堡"住了近四个月，直至夏天的脚步走近才放我出院。

转而我想到一件事。

我突然记起一包香烟，二十支万宝路，白色的硬纸板盒，上面印着黑字，有个红色翻盖，我记得，那时的我素来是个穷光蛋，因为我不像汤米那样有工作，我在上高中，我的母亲是老师，薪水不丰，她绝对不会供我抽烟。所以那包烟肯定是有人买给我的，而且是在医院大堂的售货亭买的。那包香烟有点不一样，每支烟有种特别苦的味道，我吓了一跳，纳闷是不是工厂在生产时出了差错，或是不是他们用的烟草里有一种原料加多了，一种事实上不为人晓的原料，工厂的工人必须签下声明，表示他们对此一无所知，使用这种原料的目的自然是为了使我比平常更对这个特定牌子的香烟上瘾，如今，就是这个包装盒里的香烟，生产日期不过数星期以前，它们的毒性之烈，足以能要我的命。买这包烟给我的人谅必是汤米，因为我的母亲，无论她挣多少钱，决不会那么做，家里别的亲戚也不会，再说我们也没有太多亲戚，他们全是挪威西海岸最虔诚的基督徒，强烈反对我染上的这个令人厌憎的恶习。所以关键问题是：汤米是否知道这种原料和如果香烟里这种原料过多，会导致什么结果。他是否知道那对我会有什么影响。我无法排除他知道的可能。那是我当时的想法。我无法排除一种可能，即，汤米是知情的。在抽了两支后，我感到极其难受，遂把那包烟丢进了医院后面的废料桶，这样，没有别人会找得到而深受其害，周围说不定有到处翻垃圾的流浪汉或走投无路的十三岁少女，我等到充分确认，这批于某个特定日子（可能是星期一）生产的特殊的香烟不再流通后，才又另买了一包。为此我付出了一切。这种特别的成分使我上了瘾。那需要意志力。但我做到了。弗雷德里克是在那个星期后才开始抽烟的。在我重新开始抽烟之际。那段时日，除了抽烟，没什么别的我想干的事，所以我没有利用那个机会把烟戒掉。事后我也许后悔过，但在当下，这不是一个选项。

弗雷德里克两度问我是怎么落进"地堡"的。那是我们的讲法：我们说"落"，仿佛我们是高尔夫球，被业余选手胡乱击中，像球一样，我们在空中飞出一道弧线，最后落入灌木丛或矮林中，或偏偏落到这儿，当然，这也是我们一直行进的方向。

"我企图上吊自杀。"我说，那是实情。但他觉得还不满意。原来如此，可我为什么企图自杀，总有一个原因吧，他说，那才是我为什么会住进这儿的缘由，不是嘛，并非因为上吊这件事本身。当他那样讲时，我变得犹疑起来，因为他不笨，他只是有一点精神不正常，那听上去合乎事理。可是，每当我试图回想走进柴棚前发生的事，一切都支离破碎，我所有的想法、所有的回忆、所有的言语，流向我大脑的角落、边缘，那儿埋葬着被遗忘、不再记起的事，宛如在空荡荡、废弃不用的厂房，不想再重新联结起来。

因此我不知道怎么回答。兴许他说得对。但问题是，我不记得我为什么企图上吊自杀。也没有人告诉我。无论医生还是我的母亲。他们可能不知道。可能我在那儿住了四个月，却没有人查出原因。他们只是听之任之，把药灌进我的嘴里，寄望最好的结果。直到此刻，在利勒斯特伦的这家小餐馆里，当我吃着晚午餐或提前的晚餐时，我才猛然惊醒，我曾始终以为，有人明白我为什么做出那件事，然后给我相应的治疗，尽管我什么也不记得，但医生，或我的母亲，会找个时间告诉我原因，假如他们有心告诉我，或假如我要他们告诉我。但我没要求过。

起先，我假装我住的病房与其他病房无异。那奏效了一段时间，我一向擅长那样，把自己想成一个角色，摇身一变就入了戏，反复练习各种动作，仿佛我有一群看不见的观众，但奇怪的是，每次到头来我扮演的总是我自己。这不太容易解释。日子一久，难以忽略的事实是，在别的病房，人们躺在床上，不仅是夜晚，白天大部分时候也是，当他们不必再卧床时，多半就出院回家了。在"地堡"，我们白天不躺在床上。我们中的有些人晚间也不躺在床上，而是焦躁地在走廊里游荡，接着有人给我们服下药丸，那将我们瞬间击倒，假如吃药时不是在病床附近，我们可能来不及上床，而在回病房的途中即倒地入睡。这种情况也发生在我身上几回。那药丸不简单。

几个星期过后，汤米不再来了，我的母亲成了唯一探望我的人。我没见过西丽一面，但估计她要来也不容易，我理解那一点，我逐渐将她淡忘，最终，再也想不起她。

我在瓦尔默的班上有一些朋友，我和两位老师的关系也不错。他们认为我聪明，聪明过人，并且专心，时常能在课堂上提出一些额外新颖的内容，令他们欣赏，有时，我们也在课外讨论历史和社会学，我们会干站在操场或走廊里，谈的时间之久，连那位老师上课也迟到。这种情况，两位老师可能都有过。大多数时候是与教历史的马蒂森。他是社会主义人民党的成员。

这两位老师都没来探望我。必须说，我觉得有点奇怪，别的人也没来看我，我本以为我的同窗，至少有两三个会来，不管我住的是什么病房。但是，他们没来。有时，我怀疑会不会是我的母亲打电话给大家，告诉人们我不能见任何访客，因为我需要完全静养，虽然医生并没有提出类似的建议，他们的话正相反，但即使是那种状态下的我，也觉得这似乎不可能。如今坐在这家小餐馆里，时隔三十多年后，我意识到，她恰恰是那么做的。

现在我的母亲已逝，我无法亲口问她，确认我的想法对不对。她可能会矢口否认。可能不会。在她临终时，我们的关系变得更加亲密，她得了病，是癌症，无计可施，医院的医生说，太晚了。后来她告诉我，我的父亲是谁。他不是默克镇人，他来自索朗，以前我从未听说过他，在她告诉我时，我没有任何反应，我什么感觉也没有。

最后几个星期，他们给她注射吗啡，减轻痛楚，那使她时而昏睡、时而清醒，我大多时候坐在床脚，读些文学经典，当时读的大概是D·H·劳伦斯，在冰冷、光线暗淡的病房里，他对生命的渴望如火一般在我手中燃烧。

她神志清醒时，我坐在她的枕边，诚然，我们的确共度了一段美好的时光，我好奇她是否知晓她何时将最终松手，准备离去，在那个当下，在她弃锚的那一刻，她是否会感到她的手张开，假如她有感觉到，那是不是像一种释然，她会不会对我说："吉姆，我要死了。没关系。别伤心。"

她过世时我四十岁。在她患病期间，假如临时没有特别重要的事，多半没有，我每天去她住的公寓看她，后来去医院。仿佛世上只剩我们两人。那不全对。我好多次很久不去看她。她不喜欢我的妻子埃娃，我不晓得原因，她就是不喜欢她，她讲得再清楚不过，我必须承担后果，忠于我娶的那个人，我没有选择，因而我去格鲁德探望她的间隔越来越长，并且每次去时，总是我一个人。

　　但如今这一切都无关紧要，我不愿再去想。她死了，事已至此，不管她有没有打电话给朋友和熟人，让他们别来"地堡"探望我，无疑，她一定打给了汤米。

汤米·吉姆·1971 年

我们站在中央医院的入口旁。吉姆嘴里叼着一根烟，吐出的烟雾随风向门飘去，每当有人进出之际，被吸入医院大堂，烟熏到他的脸时，他紧紧闭上眼睛。他眼睛下方的皮肤发黑，鼻梁周围的皮肤泛红，像是眼镜留下的印迹，但他不戴眼镜。他好似《金发女郎之于金发女郎》专辑封面上的迪伦，那种紧绷的神情。天气和煦如春，那几日既暖和又阳光普照，但后来骤然突变，气温直线下降，我一大清早从默克开着约恩森的欧宝船长老爷车来医院时，路上出人意料地结了冰，滑溜溜的。他准了我一天假，不去锯木厂上班。他认识吉姆的时间与他认识我的时间一样长，他也担心，为他感到惋惜。代我向他问好，约恩森说。

医院每层楼有一间吸烟室，但吉姆不愿在那里面抽烟，他喜欢在外面的入口旁抽烟。住在默克时，他也不在屋内抽烟，他的母亲决不允许，那不是一个基督徒该有的行为，她说，因而他必须去屋外的门阶上，通常他站在那儿。这是街坊四邻熟悉的一幕。

"没有人在医院里抽烟，"他说，"没有人那么做，对吧。没有人。"

"老天。当然没有。"

吉姆穿着单薄的白色住院服，里面只有一件汗衫，他冻得浑身哆嗦，但他的脸纹丝不动。他的目光擦过我的耳朵，呆呆地直视前方，他一边抽烟，一边沉思某些只和他自身有关、不与我相干的事，抑或我这么认为，他不讲话，我感到别扭、孤单，当你挨着你最好的朋友站在寒风中时，那给人一种异样的感觉，我大老远开车来这儿，开了四十多公里路呢，他不停地把重心从一只脚换到另一只脚，那看起来未免奇怪，但我相信他不是因为冷。我不知道他那么做的原因。最近几个月，虽然我们两人的住处，约恩森家和他与他母亲的家之间的距离没有变，但我们不常见面。他在瓦尔默上高中，一早坐校车去，回家很晚，是那儿的优等生，连在体育方面，他也表现不俗，不受抽烟的影响，而我，每周加班好几天。眼下木材价格高，那年冬天，许多农民从他们的林子里砍下大批木材，同样，购买的人也有许多，迫不及待地等着在春天来临时建新屋，不仅是农民，想造房子的还有很多人，一片欣欣向荣的景象。因此，我们把传送带和机器的速度开到极限，马不停蹄地切割木板和木条，随后，每块木料都要经过干燥器，供货链的两端均排着长龙，络绎不绝，把我们逼得团团转。我几乎没时间睡觉，事实上，我精疲力竭到了极点。我真想盖上被子睡一整天，或更久，可眼前的吉姆像个瘾君子，他的脸像瘾君子一般憔悴，那是我第一次去"地堡"——住在里面的人对它的叫法——看他时猛然惊觉的。他曾企图在柴棚上吊自杀。但当时仍是需要烧暖气的时节，他的母亲去棚内的箱子里取柴火，在最后关头发现了他，他在重症监护室住了两天，又在康复病房住了两天，然后他被转到精神病科的住院部，"地堡"。

"约恩森向你问好。"我说。

"什么?"吉姆问。

"约恩森向你问好。他让我转告你。"

"哦,好。"

在他转到精神病科住院部前,我去过医院。那是第一晚,我开车前往,他还在重症监护室。他的母亲打电话跟我说,我猜你一定想知道,你的朋友企图结束自己的生命。她讲这话的语气有些特别。我一直以为她喜欢我,即使在她眼里,我谅必是个过于轻易亵渎上帝之名的人,也亵渎了魔鬼之名,但那一刻,她的话音里带有一种以前不曾有过的尖锐声调,我为吉姆感到既难过又惶恐,我坐立不安。他住在中央医院,她说,然后挂了电话,我站在那儿,手里拿着听筒,然后我也放下电话,去找约恩森,问他我能不能借用他的车。我的旧梅赛德斯车因刹车有问题,在吕斯布的修车铺。

"你当然可以借我的车,"他说,"是不是出了什么事?"

他躺在重症监护室的病床上,眼睛圆睁,盯着天花板,但他没看见我。他可能什么也看不见,他躺在那儿,整个人几乎被绑在床上,就算当时他心里在想些什么,我也一无所知。他的脖子上缠了绷带,他呼吸时发出呼哧呼哧的声响,与以往当我父亲乱发脾气、我不得不待在吉姆家过夜时听到的呼吸声不一样,那时,我和他并排躺在床上,他的呼吸没有一点声音,让你误以为他死了,你必须凑过去,才能确认他没有,有时还需用肘轻推一下他的肩。他随即醒来,睁开眼,露出不易察觉的微笑说，就再多睡五分钟，妈妈，然后重新睡去。和之前一样安静无声。或是那次，我们睡在火警瞭望塔旁的山脊上。我们在放学后直接出发，穿过树林上山。那是初秋，秋高气爽，早晨有白霜，夜里有冰冻，我们打算露营，尽量搭个能遮风避雨的栖身所，如果下雨或下雪，可以睡在里面。但结果，林子里天黑得比我们预想的快得多，我们什么也没搭成。

"那就算了，"吉姆说，"我们可以直接拿睡袋，躺在欧石楠灌木丛里。不会下雨的。Inshallah."

"什么？"我问。

"听天由命。那是阿拉伯人的说法。"

"见鬼，你怎么会懂那种语言。"

"我懂的东西可多了。"

"那倒没错，你的确懂很多，"我说，"好吧。Inshallah.我无所谓。我们就睡在欧石楠灌木丛里吧。"

我们果真那样做了。夜里，我醒来几回，望着树梢间灰白、飘移的天空。风高高吹过树枝，发出的声响如此雄浑、安详，寒冷的气流轻抚我的脸，那晚没下一滴雨，也没有下雪，吉姆躺在我旁边，悄无声息地睡着，欧石楠落在他的头发里，我凑过去，他没死，每次我又重新睡去，我们十五岁，生命和睡眠一样漂浮不定，这个世界没有什么是不正常的。

吉姆抽了最后一口烟，把烟蒂往地上一丢，用脚踩灭，然后转身看着我，哎，天哪，我不懂，他一向尊重我，我也一向尊重他，可现在，他去了我没去过的地方，是他只身一人而不是我们两人一块儿去的，他经历了我也许无法想象的事，他的眼神里流露出一种优越感，搅得我心绪不宁。

"对了，住在'地堡'感觉怎么样？"我问。

"挺好，那儿有许多疯子，但我不受他们的干扰。我忙我自己的事。"

"你到底做些什么呢？"我问。

"各种事，"他说，"我构思各种事。"

"比如说。"

"我现在不能告诉你。以后有机会我或许可以试图解释说明，哎，反正试试呗，假如真有可能的话。"

"行，"我说，"那估计挺有意思的。"

"在你看来不一定。"吉姆说。

"没关系，"我说，"但讲无妨。"可他一耸肩膀，从口袋里拿出一包烟，数数他还剩几根。仅剩两根。

"你也许可以帮我买包烟。"他说。我想他大概身无分文，我是那个在赚钱的人，我一向认为，只要是我的钱，如有需要，我们可以分着用，因此我说：

"没问题。"说完，我们回医院大堂，朝一处角落的商店走去，那儿卖花，卖哈康王冠盒装巧克力和封套鲜艳的平装本小说，让你可以带去送给楼上各层的病人，他们难受、心情不好，需要些额外的生活调剂，一些让他们可以忘记病痛的色彩明亮、轻松舒适的东西，一九七一年的三月初，在那家店里，我给吉姆买了一包二十支带过滤嘴的万宝路烟，有个红色翻盖，我把烟塞进他左胸的口袋里，旁边就是他跳动的心脏，在那件单薄的汗衫下面，我的指尖能感觉到，扑通、扑通，心脏在跳动，扑通、扑通，要我说，那跳得有点太快，太剧烈，我想，他大概会说，谢谢，我以后还钱给你，我从不怀疑他会不还钱，他欠我的，一定会还我，历来如此，虽然没那个必要。我的东西，他想要什么都可以拿去，留着。可他没有向我道谢，他也没有看我，我想，好吧，管它呢，于是我们离开商店，朝楼梯和电梯走去，半途中我们停下脚步，他说：

　　"你认为那是故意的，发生在艾于提恩湖上滑冰时的事，对不对，我为了救自己，把你推开，你是那样认为的，对不对？我必定想救自己，那是你的看法。可你永远不会了解到底是怎么回事，你永远不会懂事情的真相。"他说，他用食指轻敲自己的前额，我当然知道他在讲什么，我记得一清二楚，那不过是两三个月前的事，当时天很冷，是十二月，在深夜时分，但对天发誓，我要干的活那么多，根本没时间去想这档子事。我也不愿去想。然而，当他提起时，我不觉得意外，反倒像终于尘埃落定。但我没那样讲，我说：

　　"你难道真的一直在想那件事？那根本没什么。得了，吉姆。你不用想，那对你没好处，没事儿。我只是摔了一跤。到此为止。"

　　"你根本不懂这是怎么回事，汤米。事情不像你想的那样，我略知一二，你却没有。我知道，你认为我是故意那么做的，那天在艾于提恩湖上，我想要救自己，故意把你推开，这样你会淹死，而我不会。但你对事情的来龙去脉一无所知。"他说，他再度轻敲他的前额，他又说，

"只有我知道。"他整个额头和颧骨的皮肤抽紧，脸色煞白，他的模样像足了一个瘾君子，我勃然大怒，我受够了这一切，我再也听不下去这种无稽之谈。我说：

"吉姆，我明白你病了。老实讲，我不知道病得这么严重。我实在很难过，我对已经发生的事感到很难过。假如这与我有关，天哪，可吉姆，你不能就站在这儿犯起病来。你可以在'地堡'里犯病，那儿还有别的疯子，我不管，但该死的，你不能站在我面前犯起病来，你是我的朋友，不是我的病人。所以，把那套胡话留到我走了以后。我可听不下去。"我说。"我要走了。"我说。"你需要我的话，可以打电话给我。如果你打电话来，我会非常高兴。"我说，然后我转身，朝入口走去，经过那家商店时，我想，我需要来点巧克力，牛奶巧克力，快立可脆心巧克力，幸运草榛子巧克力，什么都行，但我无法在吉姆注视我的情况下驻足去买巧克力。我相信，他一定正盯着我的背，当下我感到不舒服、头晕目眩。

走出几步后，他用响亮的声音在我身后说：

"嘿，汤米。"

我停下，转身。

"什么？"我问。

"你认为我会不会打电话？"

"我不知道。希望会吧。"

"正面还是反面？"他说。

"什么正面还是反面？"

他从口袋里掏出一枚硬币，一克朗的。他往空中一抛，亮闪闪的硬币转了个圈，啪地落在他手里。他举起手。

"你选哪一面？正面还是反面？"他问。我说：

"省省吧，吉姆。"

"你选哪一面？"

我拿他没办法。我体重两百斤，有东西想把我拉倒在地，一股巨大的力量擒住我，在把我往下拽。我该怎么办，我想。我该怎么办。随它去吧，我想。随它去吧。

"正面。"我说。

"好，"他说，"正面是我会打电话。反面是我不会。"

他投出硬币，硬币在空中一边转动，一边越升越高，直至悬停在快碰到天花板的地方，打着转，不肯下来，那发出的声响，我敢肯定人人都能听见，那枚硬币尖啸着，闪着光，不往下落，牛顿定律在这里不起作用，我环视大堂，万籁俱寂，一切凝滞，四面八方没有一个移动的身影。我屏住呼吸，屏到我的太阳穴抽动为止，接着突然，大家又重新动了起来，到处是欢声笑语，那枚一克朗的硬币开始落下，先是缓缓地，然后越来越快，吉姆抬起右臂，张开手，仿佛他的手是一个漏斗，一只手套，他从空中接住硬币，动作之快，几乎教人看不出来，他合拢手，抓着那枚硬币，握了片刻，然后用力一拍，将硬币按在左手背上，立定不动。他盯着他的手，然后慢慢举起。

"反面。"他说。

我们直挺挺地站着，互相对视，我们之间不过相隔几米，我不会让步的，我想。可他没有躲开我的目光。我相信，他的眼睛发亮，流露出胜利的神色。这是他想要的，我想，这是他想要的事情的结果。

"好吧，"我说，"那就这样。"我转身朝入口处走去，出了门，去找停着的约恩森的车。

汤米・吉姆・1971年

　　一大清早，汤米站在约恩森家的门阶上，望着斯莱滕的运货车沿路驶来，停在吉姆家门前，大家尚未出门去上班，校车也没到。路上没有一辆车。过了稍许时候，吉姆和他母亲走出来，抱着卷拢的地毯、箱子和装了床单枕套的包裹，将它们全放在车后厢内，斯莱滕帮他们抬家具，后来利恩也来相助，他和斯莱滕一首一尾抬着笨重的红沙发出来，斯莱滕必须倒着走，一切听命于利恩，向左，向右，低一点，他喊道，高一点，他喊道，斯莱滕不喜欢利恩对他发号施令，但他们还是小心翼翼地抬着沙发穿过走道和门廊，出门，下台阶，最后搬上车，对汤米而言，过去帮忙本是再自然不过的事，但他无论如何做不到。两栋房子间有一道玻璃墙。虽然什么都能看见，但穿不过去。

　　太阳已升起，低斜地照进窗户，屋内屋外，光线亮得刺眼。没有风，汤米能听见啄木鸟在电话线杆顶端叩击金属的声音。银莲花开了，雪在下。春色满园，夏至，入冬。四季齐现。他站着望了一会儿，然后转身回屋内，关上门。打仗也会死人，他想。他们住在这儿，砰一声，他们走了。

Ⅲ

贝里格伦太太·1964年

1965年

大陆傍着奥斯陆峡湾，岛屿星罗棋布。时间是早晨，但不非常明显，缺乏有力的证据。她只能依稀分辨出惨淡、迷蒙、白皑皑的光，来自两座隔着峡湾、遥遥相对的小镇，那是冬天，圣诞节前夕，雪花纷飞，越过栏杆吹进来，雪积在东西两侧的山上，把峡湾内的水变成浑浊的白色，也积在慢慢进入视野的岛屿上，那座岛屿夹在峡湾里，离一边的海岸较近。岛上关着少年犯，他们已彻底无可救药，唯一的办法是将他们囚禁在这座岛上，四周没有一点束缚，但这份自由，只能看而不能碰触。犯人里最身强力壮的，心气浮躁的，迟早会企图逃跑，选择最短的水路捷径，克服浪涛和轮船的尾流，游泳上岸，但不在这个时节，不是现在。他们会冻死的。

她站在轮船前方的甲板上，竖起外套衣领，用左手抓拢领口，她凝视峡湾对面，但没看见什么特别的，她没在寻找什么特别的东西。仅几个小时前，她在奥斯陆西面的一个码头登上这艘船。码头边缘和船体之间有融雪和冰块，当她从码头步上跳板时，那条空隙被挤压成一道细细

156

的白沫，浮在她身下冰冷的水上。一盏孤灯亮着，挂在码头大楼泛黄的墙上。约恩森坐在车里，没有熄火，车前灯调成近光，车尾灯给雪蒙上一层布满小孔的红色光辉。车内黑漆漆的。他看见墙上的灯，投出一圈光，照在幽暗的船身上，使缆索闪现银色的寒光，灯光勾勒出她穿着灰色外套、走在跳板上的纤细身影，她手提行李箱，到顶，迈上甲板。他等待她做个手势，她的确半转过身，但没有真的停下，也没挥手，突然，他发觉眼前码头上、天色未明之际所上演的这一幕，充满了不祥之兆，她做的仿佛是让自己的灵魂沉入万劫不复的黑暗井底，在松手坠落前，她只不过匆匆回首一瞥，那目光已然空洞，无论她曾有过怎样的热情，她都像一根燃尽的蜡烛般熄灭死去了。她什么也不带走，什么也没留下。

车子在船旁又停了一会儿，最后，约恩森在位置上坐起身，把车子挂入一挡，在码头扫干净雪的空地上做个急转弯，转成二挡，加速，进而三挡，沿着巨型仓库，从起重机下驶过，直至再也分不清哪个是仓库，哪些是大楼和轮船以及属于船的部分。

她在一位乘务员手下工作。这位乘务员个头高大，年纪不轻，他脸上的皱纹从鼻子横生到耳朵，与大多数人从眼睛往下延伸至嘴角的长法不一样，这使他看起来像印第安人，北美某个部落的印第安人，但她不是专家，她没读过赞恩·格雷的小说，读那些书的人是贝里格伦，她隐约觉得这与当海员有关，见过外面的世界，见过许多不同民族的人，远离故土，成为他们中的一员。可他来自赫讷福斯，他在那儿时不像印第安人。

他低头看她棕色的手提箱。箱子不大。

"你带的就这些东西吗?"他问。

"是的,"她说,"这是我的全部行李。"

原来如此,他想,所以这就是她的一切,她没有其他东西了吗,放在别处的,假如没有,那不属于她的东西有多少,这是否有可以度量的标准,根据她棕色手提箱里装的东西,也许,以立方厘米计,照她的说法,那是她的全部家当,别无其他,或者与她留下没带的东西比例相当,但他没力气追问,他想,她相貌不错,简直太不错,接着他又想,她是逃出来的,那一点我深信无疑。严格来讲,这不干他的事,只要不是逃犯就行,他肯定她不是。他闭了一下眼,他累了,他睡眠不好,那教人头痛,他每每半夜醒来,而且越来越频繁,他无法再重新入睡,于是他醒着,拿一本书躺在那儿,他读的东西有时太揪心,让他在五点以前不得安宁,随后不久,他得从床上起来。这种情形已持续了好久。

"来吧,我带你去看你的房舱。"

这不是他的工作,但她身上有种不寻常的魅力,他为她指了路,让她先下阶梯,这样他不会感觉她的眼睛盯着他的背,他那么盘算。房舱位于四层甲板之下,要走到梯子最下面那阶,但你可望凭表现一步步升迁,住到上面来,他一边微笑着说,一边开门,让她走进那间斗室。

"不,没关系,"她说,"这儿好极了,十分适合我,我不想要更大的房间,这正好,非常感谢你。"

"你先歇一歇,我一个小时后再来找你。你是最后一刻登船的,我们马上要解锚了。"他看了看他的腕表。"就现在。"他说。

　　船到鹿特丹时，她已能对大部分工作驾轻就熟。她很快适应了船上的颠簸，在厨房当差时，能飞奔着经过走廊，手里端着摆了茶杯和水瓶的盘子，穿梭于长长的过道，前往船员专用的集体食堂，然后继续上楼，去辉煌不再的船长休息室，或当然，反过来，把主厨在厨房烹制的可口无比的食物，先送去给船长。主厨人很好，厨艺了得，他们成了朋友，或至少合作愉快，她对工作毫不挑剔。他们让她干什么，她几乎就干什么。

　　可当他们在日内瓦进港时，她生起病来。她先是感到脚趾不适，接着是指尖，她的脚趾和指尖麻木，失去一切知觉，在塞得港，她不断地把东西掉在地上。船过苏伊士运河时，她的脚踢到桌腿和椅子，却竟没有察觉，未几，她开始难以操控自己的身体，从房间一端走到另一端，下楼梯，她端着炖锅、歪歪扭扭地穿过狭窄的厨房，那对她而言变得异常困难，锅里装了满满当当、冒着热气的食物，左摇右晃，像熔岩似的溢出锅边，暖风助他们通过运河，行经沙姆沙伊赫，那儿沿沙滩一带的海域里有鲨鱼，高高涌起的波浪把他们带过红海，托着他们沿也门海岸向南，最后出了亚丁湾。她呼吸困难。那位乘务员说，看在老天的份上，赶紧休息去，她照做了。她去休息，躺在四层甲板之下的房舱里，在起伏的床铺上大口喘气，舱内昏暗闷热，床边一盏灯发出微弱的光。没有人告诉大副发生了什么事，他们掩护她，他们撒谎，但那位乘务员心中气恼，他感到束手无策，她才刚上船，距他们离开奥斯陆才两个星期，而今她就已经病倒。她深信她快死了，这不能怪她，他为她感到难过，她长得漂亮，可她不知道问题出在哪里。他也不知道。他毫无头绪。他们必须在下一个港口找一位可靠的医生，他必须通知大副，但他尽可能拖延。大副估计会震怒，他不会让他好受的，后来他不得不告诉他，大副果然震怒，痛斥了他一顿，吼道，见他妈的鬼，你当初干吗要雇用她呢，可那位乘务员说，严格来讲，雇用她的人不是我，一派胡言，大副吼道，她长得挺漂亮，她到底能有什么病，她那么年轻，乘务员说他不知道，其他人也不知道，她就是躺在床上，发抖呻吟，呼哧呼哧地喘气，他说，老实讲，我猜她看上去不再那么漂亮了。

离开吉布提后，她开始哭泣，船绕过非洲之角时，她一路哭个不停，我不要，她哭着说，我喘不过气。船上有四十五个男人，他们大多数不惜在楼梯和走廊兜远路，躲开她的房舱和那扇随时可能着火的炽热的门，每当他们非从那里经过不可时，他们总是捂着耳朵。她令他们紧张、焦虑，他们想到，有一天生命会戛然而止，随便哪一天都可能，他们曾经知晓的一切、了解的一切，终将退隐、消失，并且，在丧失一切希望前的那一刹，他们会像她一样痛哭，也许就像现在她房舱内的哭声一样，他们心想，噢，混账，他为什么要让一个女人上船呢，他怎么会那么蠢，让我们晚上不得入睡。

那位乘务员数着日子，下定决心，在他们抵达摩加迪沙前听之任之，他们横竖要在那儿装货卸货，她耗尽了力气，但在非洲火热的骄阳下依旧一息尚存，他们的船静静滑入防波堤细长的航道，缓慢掉头，在这座城市西面的新港口靠岸，附近有白色、粉色、嫩绿色的古老建筑和古老的城墙，旁边是海滨浴场和成排的棕榈树，宛如电影的布景。

　　他们几乎拖着她走过码头，途经有两座钟楼的教堂，那与清真寺的光塔仅一箭之遥，两个骑助动车的女孩差点撞倒他们，他们正扶着，或更确切地说，从两边架着她，带她穿越城区，可路实在太远，他们只得拦一辆车，他们何苦这样搀着她走呢。后来真有一辆车停下来，司机看着贝里格伦太太，点点头，先用阿拉伯语，后用意大利语同他们讲话，那位乘务员懂一点意大利语，他向这名黝黑、英俊的男青年说明他们要去的地方，Ospedalka wee，那是当地人的叫法，医院。

　　时下他们行色匆匆，那位年轻人看得出来，他使出浑身解数，只差没有一闪一闪的蓝色警灯，他们不敢奢求更多，但途中，他们被堵在十字路口，大塞车，无路可行，他们干坐着，等待路中央的警察准许他们通过，他戴着帅气的绿色贝雷帽，四面八方尽是过去流行一时的车，小的、大的，三轮出租汽车，西姆卡和菲亚特，摩托车，还有更多助动车，没有一样东西是静止的，风吹过棕榈树，叶子飒飒作响，树干摇动，那名警察站在一个小平台上，身体直得像根木桩子，他的短裤在风中鼓翼，手上的白手套拉至腋下，他挥舞手臂的动作，想必很像指挥家托斯卡尼尼，假如他们中有人知道托斯卡尼尼是谁的话，的确，那位乘务员知道。

　　医院的大门上方果真标有"Ospedalka wee"，白色的字母，排成拱形，旁边墙上，用蓝色涂料写着硕大的意大利文，"索马里是我的故乡"。

　　医生不是索马里人，他是白人，来自丹麦的奥尔堡，想必曾就读于哥本哈根大学医学系，这教人放心，那位乘务员想，假如的确属实的话，可这位来自奥尔堡的医生查不出她有病。她一直哭呀哭，他问她，你为什么哭，你难受吗，我不知道，她说，我不知道我为什么哭，以他的专业知识和现有设备，他查不出她有什么病，这真诡异，他说，然后把一根针扎进她的脚，痛吗，他问，什么，她说，哪里痛，他摇摇头说，哎，我实在不知道是怎么回事。

　　然后原路返回。他们拦了一辆车，直接穿过城区回船上，这次是一辆东欧生产的车，瓦特堡，呵，这里怎么会有瓦特堡车，他们不能心安理得地把她丢在这个地方，丢在摩加迪沙，不，不行，于是他们上船，经过甲板，两个男的，一人抓着她的一条臂膀，匆匆走下升降扶梯，送她回房舱。接着他们解开船缆，收起缆索，将它紧紧盘起，一艘笨重的拖船拉他们出港，在水面划出一道长长的弧线，你能相信吗，只过了两天，第三日早晨，她似脱胎换骨般走进厨房，操持同样的炖锅、平底锅，在同样的托盘上放满早餐，冲进走廊，奔向船员专用的集体食堂，她仿佛请了一个假，如今休息完毕，准备继续投入原先的工作。

　　"你怎么样？"那位乘务员问。他一只手搭在她的肩上，轻轻捏了捏，那是一只慈父般的手，一个慈父般的动作，你现在是否感觉好一些，他问，你的双手有知觉了吗，你能顺畅地呼吸吗，她朝他隐秘的一笑，耸耸肩。

　　大家能轻易看出她长得多么迷人，她的身材多么凹凸有致，那从奥斯陆开始就一览无遗，不管她穿什么，围裙、半身裙、针织套衫，还是长裤，但她不是有意的，她的穿着以符合实际需求为准。毫无疑问，前一阵，他们全都忧心忡忡，特别是年轻的那几个，在她生病时六神无主，但现在，这些已被抛到脑后，那位乘务员将几个星期前、船行在北海时他所做的决定付诸实施。刚过蒙巴萨——这趟航程他们没有在那儿进港——他就与她一起走在天桥上，他请她停步，他们站着，居高临下对着甲板，他说：

"你让我们虚惊一场，你应该知道，船上无一人不受影响，不过现在你康复了，而且你又貌美如花，我们每个人都看得出来。他们是正派的小伙子，大部分是，规矩安分，所以剩下的行程，你不必担心，但那不是重点，坦白对你讲，你最好选一个做你的固定男友。这样我们大家相安无事。"

她看着他，他是不是认真的。

他是。

"那么我选你。"

"我结婚了。"他说。

她耸耸肩。她觉得无所谓。

她痊愈的速度惊人地快，现在，她明艳动人，她并不试图掩饰她的姿色，她利用她手中能有的牌，或这是他的看法，但她身上有一样东西，他捉摸不透，这令他略感不安。可她的亚麻长裤在风中贴着她的臀部和大腿，她嘴角的皱纹别有风情，她的头发用发夹盘起，底下的皮肤受太阳的暴晒，凭这些，拒绝她不是易事，眼下她站在天桥上，他想到，她可能浑然不知自己长得多么出众。他涌起的第一个念头，也是许多男人会有的念头，该由他来向她揭示这个事实。

"好，"他说，"那就这样定了。"

第一晚，他已然有了几分悔意，房内一片漆黑，外面是热带的夜色，看不到一点光，贝里格伦太太在他身下。他的房舱，面积是她的两倍或更大，里面到处是男人的东西。墙上有他去过的地方的剪报，足球比赛的黑白照片，以轮船两侧的大洋为背景，足球队员列队在甲板上，他跪在前排，戴了手套的手里捧着球，浴室门上有羞答答、半裸的模特图片，每个角上钉了图钉。一把吉列剃须刀放在抽屉柜上的碟子里，床铺上方的墙上用钉子挂着一把吉他，琴弦磨损残旧，因常年不用而生锈、了无生气，办公桌下面的地上放着一块乒乓球拍。船上人人至少有一块。他有一架子书，从世界各个角落搜罗来的，来自婆罗洲，来自阿拉伯半岛和波斯地区，来自世界屋脊，在富尔顿号三桅纵帆船上当船员，迎着暴风雨的吹打，绕过合恩角，骑马穿越北美大草原。里面也有许多小说。这可能不太像男人会看的书。

他撑直手肘，支起贴着她胸部的身子，房舱内的黑暗吞噬了一切，他几乎看不见他身下的她，在非洲炎热的夜里，她的肌肤冰凉白皙，那让他感到没有血色，他说：

"你得投入一点。真的，你必须投入。否则不行。你可明白我的意思？你得专心。"

"哦，明白，"她立刻回答，"我懂你的意思。我会的。我发誓。"

翌日早晨，他有一种难言的心情。他感到孤寂。以往他会在床上看书，但今天他不想看书。他起床，光着身子，坐到桌旁的椅子上，光线从舷窗倾泻进来。她还躺在他的被窝里。他点了一根烟，他想，我可以直接向她提出分手。当我知道我无法再继续下去时，我可以说，一切结束了，你明不明白。继而他又想，可到时候，这艘船上的人，谁还会要她呢，他忽然意识到，回绝她已经太晚了。

后来，过了几个月，她转去另一家轮船公司。这位乘务员不记得她提出的理由是什么，但在新加坡登岸后，她赶上另一艘还未启航的船，离开了那座繁忙的城邦，他大大松了口气，这份释然简直令他羞愧。那家新公司不是挪威的，不在奥斯陆、卑尔根或挪威其他市镇进港，也不在欧洲别的地方进港，而是航行在东南亚和非洲东海岸的国家之间，凭栏而望，目送她穿着黄色上衣走下跳板，冰凉、纤细的背影越来越小，他有种异样的心情，他是最后一个看见她活着的人。

汤米·2006年9月

于是我挂了电话。他没死。好吧。

四十年来，我只见过我的父亲一次。他站在利勒斯特伦车站的入口旁，老的那个，靠着墙，在那儿的钟底下抽烟。他留了以前没有的胡子。他抓拢上衣的领口，那是一件灰色短上衣，有点像正装夹克，或是一件过时、破旧的西装外套，样式与每次救世军发的外套一样，但那天天冷得要命，是十二月，气温远低于零度，他应该穿件厚暖、有衬里的外套，像是大衣或羽绒夹克，我没有朝我的父亲走去，把我的大衣给他。不言和。不忍气吞声。

那距今已有好多年，当时的他看起来就很苍老，我深信，我若去了鲁默里克北部的警察局，肯定认不出他。可他提供的却是我的名字，汤米·贝里格伦的名字，可想而知，他们问的是有什么他们可以联系的亲属。他如此确定他会认出我吗，或是他想不出别的他们可以打电话通知的人。经过这么多年后，那像天方夜谭。假如我不到场，不理会这件事，那会怎样。置之不理本来很容易。我不知道那会怎样。我得做的是不是一个关系重大的决定，假如不去，我会不会余生良心难安。我也不知道。

我从办公桌前起身，到走廊里，推开隔壁办公室的门，向内探头说：

"我要走了。"他们看看手表，我几分钟前才刚到，他们想。"我今天请假。"我说，接着他们说，走吧，走吧，你有权利休假，他们说，股市不会就因为汤米·贝里格伦今天休假而崩盘的，放心去吧，他们说，好好休息一天。可有许多个日夜，我拼命工作，长时间加班。虽然薪水高，但我的血压也在飙升。我必须吃药。

随后我乘电梯回到楼下停车场，我把手放在引擎罩上，金属壳依旧是热的。我上了车，转动钥匙，车子一下就启动，若不启动，鉴于我为此支付的钱，那未免太不像话。现在八点一刻，警察一大早打电话给我，对他们而言，纯粹是碰运气，结果就中了。我开车穿过奥斯陆市中心，起先沿着铁路线，一阵乳白色的薄雾，越过铁轨，飘向埃克伯格山岭，与我行驶的方向一致，宛如一条河，滚滚流过月台间，那情景，仿佛只在梦里见得到。我驶入隧道，上面是瓦勒伦加区、埃特斯塔德区，然后继续往东北方向，经过卡里海于根区、洛伦斯古区和名叫奥拉夫嘉德的酒店，那家酒店一楼的酒吧人称"最后的机会所"，倘若你提早一个人离开那间酒吧回家，那说明你这个人有问题，需要设法改一改。数年前，我自己去过那儿几回，离开时，我从来不是一个人。

半个小时后，我经过火车站，吉姆和我曾常常站在那儿的月台上等火车，有钱时，我们去奥斯陆买唱片和衣服，不然就在卡尔·约翰斯大街上徘徊，看穿短裙的女孩，我们认识的女生，从来不穿像她们那样短的裙子。每年过了夏天，我手头总有些钱。每个暑假，约恩森安排我在卡伦锯木厂打五个星期的工，我的工作是用折尺量出木板的长度，拿木工铅笔写在木板一端，把板条装到卡车上，在木料堆间驾驶叉架起货机，约恩森本人在厂里做了许多年，起先是磨锯工，后来什么活都干。有时，他几乎独力管理整家锯木厂，从车间到办公室，他负责写发货单、催单和凡是老板不在时必须开的单据，老板时常不在。我竭尽所能地帮他，我有算术头脑，约恩森说，我猜那可能是我仅有的强项，以上学时来讲，我数学很好，在木工方面也有一手，我从十二三岁起和他一同住、一同生活，好多年来，他是我唯一信任的成年人，最后，他给了我一份在锯木厂的固定工作。

但我没有在那个火车站下高速。现在是九月，几个星期前，约恩森死了，吉姆和他的母亲不再住在那儿，吉姆一出院，他们就搬去了奥斯陆。如今住在他们家房子里的是别人，我们家的房子在之前一年的五月烧了，大家都认为是我放的火。那儿过了很久才建起一栋新房子，搬入一户新的人家。警佐在失火后的几个月突然离世。那教人难过，死因与他的心脏有关，他的心脏显然过于肥大，所有这一切发生在三十余年前。如今，西丽在亚洲，在阿富汗、在斯里兰卡、在任何有儿童受苦的地方，如科索沃、高加索，她偶尔寄一张明信片给我，我回以前住的地方探望约恩森时，不曾见过双胞胎姐妹，事实上，我不知道他们在哪里。那固然令人遗憾，但我无计可施。所以我认识的默克镇的居民里，再无我想说说话的人，而且退一步讲，我还有二十公里的路要开。

我途经通往利勒斯特伦的岔道，途经谢斯莫闹市口和弗洛格区，在E6高速公路上保持一百公里的时速不变，这是现在允许的速度，限速牌上写着100，而大多数人自然开到110或更快，那稀松平常，往日我也和他们一样。最后我下高速，向东转了很长一个弯，越过高架桥，然后向西行驶，进入村子，沿主街抵达警察局，停下车。我在车里坐了几分钟。我来，是对的。这不是和解。不是忍气吞声。事情并非如此。我想打电话给吉姆。他也许可以陪我一起进去。我们可以共同承担那份重压。他了解我父亲的为人。此刻，想起吉姆是多么容易。以前这难如登天，可当我在桥上看见他，尽管天没亮，却一眼认出他，认出那顶羊毛帽时，那来得如此突然，我除了高兴，没有时间做别的反应。但我不该讲那些有关豪华轿车的话，不该对吉姆讲，假如他现在的境况和以前一样的话。我看了看手表。时间已过九点。

办公台后面坐着一位穿制服的警官，浅蓝色衬衫，上臂袖子上有个黑色背景下的金狮标志，就在肩膀下方，我走过去说：

"早上好。我叫汤米·贝里格伦。我来接我的父亲。"

"你的父亲？"那人问。

"是的，"我说，"我的父亲。他叫瓦勒·贝里格伦。"

"瓦勒。第一个字母是'V'还是'W'？"

"W。"

"这么说，我想他的名字应该是瓦尔德马，那才是他的全名，对不对？"他问，"我得写成瓦尔德马。"

"那就写成瓦尔德马吧，"我说，"随便你怎么写。总之，是你们打电话给我的。"

那位警察转身，朝另一位坐在屋内靠后一点、临窗、穿着便衣的人说话。

"芬恩。我们有没有打过电话给汤米·贝里格伦，有关一个叫瓦勒·贝里格伦的人，'W'开头的瓦勒？汤米·贝里格伦说那是他的父亲。他正站在这儿，就是这位，汤米。"

"我没有给谁打过电话，"那个人大声说，"可能是容尼打的。他大约一个小时前走了。他要今晚才回来。"

"可能是，"前面那个警察一边说，一边转回身。"可能是容尼，"他说，"反正我们俩没给谁打过电话，有关某个叫瓦勒·贝里格伦的人，'W'开头的瓦勒，我们不知道这是怎么回事。我手边也查不到资料。"他说着，在桌上来回挪动了几张纸，几份表格。一台电脑在桌角发出蜂鸣声。"他为什么会在这儿？"

"电话里那人讲得含含糊糊，但我感觉，他是被拘留了。我说我的父亲。"

"我们这儿没有牢房。"

"你们没有牢房？"

"没有，你得去利勒斯特伦。"

"他怎么不讲清楚呢？"

"我不晓得。也许他以为你知道。莫非你不住在这一带？"

"不，我住得很远。"

"得，既然你这么说。不过，无论你住哪里，牢房在利勒斯特伦。"

"原来如此，"我说，"想来我必须开车去利勒斯特伦了。"

"从这儿去利勒斯特伦，走高速的话不太远，你可以开到每小时一百公里。"那位穿浅蓝色衬衫的警察说。

"我知道从这儿去利勒斯特伦有多远。"我说。

"好吧。"他说，我转身朝门走去，他在我身后说："祝你好运。希望你的父亲平安无事。"我回道：

"我才不在乎我的父亲怎么样，我只是来接他而已。"说完，我走了出去，下台阶，沿人行道三步并作两步上了车。我的太阳穴在跳动。原因是我的血压，我确定。我不记得我今早有没有吃药。大概吃了。那是我走进浴室做的第一件事，这一天原本有个多么美好的开端。遇见吉姆及其他各种事。见到他，我如此开心。可现在，我的太阳穴剧烈跳动。我按住头的两侧。我需要的是喝一杯。可我不在晚上七点、电视新闻播出前沾酒。十点以后也不碰。好吧，可能是十点半以后。在那之间，我喝得不少，有时忘了自己定的规矩，超出一个小时才停。

我发动车子，驶出耶斯海姆市，重新上高速，这次我是向南开。

我经由谢勒村和那儿的飞机场，进入利勒斯特伦镇，驶过整条闹市街，在火车站转弯，那栋建筑的清新典雅依旧教我惊讶，我继续前行，经过同样典雅的汽车总站，往镇公所驶去。我把车停在大家停车的地方，那儿不大会吃罚单，我进了门厅，朝我视野里第一个穿浅蓝衬衫的人走去，轻拍他的肩，结果，他穿的是一件普通的蓝衬衫，衣袖上没有狮子标志，他是教务秘书，他告诉我，他的办公室在三楼，我希望你知道，这个职位不是人干的，有太多学校，太多愚蠢的校长和副校长，他说，真要命，但孩子们个个优秀，这是他坚持下来的原因，他很热心，告诉我该怎么走。我进错了楼，得再出去，穿过停车场，抄近路到旁边的停车场，再穿过那儿，去一栋叫司法处的大楼。我本该直接就能看到的，墙上有指示牌。

我打开门，走进去。里面人头攒动，如果要和警察面谈，必须先取号，大家等在那儿，手持号码和护照，准备申请一本新的，或可能为了新工作而需要一份无犯罪记录证明，他们拿着A4纸印的表格，或坐或站，挤满了整个房间，他们目不斜视，一语不发地等着，直至叮一声，叫到他们的号码。我取了号，站了一会儿，然后猛地回过神，我在干什么呀，是他们打电话叫我来的，不是我来找他们，所以我干吗站在这儿，我朝坐了一位女士的办公台走去，她的面前没有队伍，我说明我前来的原因，和我在鲁默里克北部警察局时讲的一样，她说，请稍候，接着拿起电话。没多久来了一位穿真制服的警察，衣袖上有狮子标志，就在肩膀下方。

"老天，我们一直在等你呢，"他说，"请跟我来。"我跟着他走。我们下了一段楼梯，沿过道往前，两边排列着灰色的门，像在地堡里似的，一幅凄楚的景象，他打开其中一扇门的锁，里面是我的父亲，侧身躺在一张薄薄的、套着蓝色塑料罩的泡沫床垫上。我知道这是他，因为他们这么说，但若是在街上，我估计认不出他。我会径直与他擦身而过。他把脚缩起，塞在身下，脚上穿的条纹短袜，使那看起来像一双小孩子的脚。但躺在那儿的却是一位老人。他的头发很长，胡子也很长，他全身灰蒙蒙的，穿的衣服是灰的，上面有灰色的污渍，天花板下，裸露的灯泡发出刺眼的光，照在他睁大、发呆的眼睛上，流入其中，消失不见。那不能叫作阅读灯，你无法在那种光线下看书，我的父亲爱好阅读，喜欢西部小说、赞恩·格雷的作品，诸如此类的书。他在深夜、我上床睡觉后看这些书，早晨，书翻开放在桌上，书脊朝上，有一本名叫《野牛成群》，还有一本是《野牛猎人》，有些书的封套上有精美的图画，别的书，浅蓝色的封面上镌刻着金黄的马蹄，满满一烟灰缸的烟蒂，屋里的烟弥漫至橡木，渗透过每一条裂缝，屋内没有一处闻不到烟味，连浴室最角落也能感觉到他香烟的烟雾，可在这间牢房里，你没法看书，你勉强能刷牙。里面寒气逼人，光溜溜、发亮的墙壁漆成米黄色，或更近似牛奶咖啡的颜色，但一点不美观，四处看不见一片木头，没有护墙板、没有踢脚板，什么也没有。地面从两边向中间倾斜，这样，任何能想到的液体将只往一个方向流。角落里有个擦得锃亮的不锈钢漏斗，用水泥胶嵌在地里，两边有供踩脚的平台，我父亲需要用厕所时可以去那儿，但当你看见这个瘦削、苍白的男人躺在薄薄的蓝色床垫上，孩童般的双脚蜷缩于身下时，难以想象他有能力蹲在那个坑上，同样也难以想象躺在那儿的这个男人的躯壳，是我父亲的躯壳。

"怎么把他安置在这样的地方？"

"他进来时又吵又闹。"那位警察说。

"他只是个瘦弱的老人。"

"可惜你没看到他动手的架势。"

后来，我父亲忽然从呆木中醒来，穿越他前几个小时不知不觉陷入的层层飘浮的空间，起身，颤巍巍地下地，当他站直时，由于他们收走了他的皮带，他的裤子滑落，像个空麻袋似的，从他干瘦的臀部往地上掉，他伸手去抓，在膝盖处提住，他胡子拉碴的嘴露出热情洋溢的笑容，他说，这不是汤米吗，这不是我的儿子吗，他说，他转身对那位警察讲，那是汤米，那是我的儿子，他说，那是我的儿子，可他不能松开他的裤子。裤子卡在他突出的膝盖骨处，垂挂着，露出他的半截大腿，怎么也不落至他的条纹短袜上，又提不到臀部，他就那样站立不动，不能放开他的裤子，也无法在不绊倒的情况下挪步，否则，他恐怕会给我一个我打死也不要的紧紧的拥抱。从他的样子看，那仿佛正是他想做并即将付诸行动的事，他不因自己丢人的裤子或他在多年未见的儿子面前所露出的窘态而脸红或感到难为情，这教我难堪，但据我看，他的脸上没有丝毫羞愧之色，只有这无意义、不像样的雀跃。

一切安静下来。他满怀期待地站着，手攥得发白，提着他的裤腰。我该怎么办。那位警察在等待。我甚至听不见他的呼吸声，他抬头仰望天花板，不在这个父与子之间尴尬的时刻打扰我们，他试图让自己隐形、变得无声无息，但我不想单独面对我的父亲。我根本不想来这儿。可我又不能撇下他。太晚了，已经没有别的选择。

"行啦，"我说，"走吧。我开车送你回家。"我听见那位警察缓缓地舒了一口气，我父亲咧开长满胡子的嘴，露出灿烂的笑容说：

"不得不说，你的这件大衣真漂亮。很时髦。我打赌一定花了你不少钱。"

"是的，是花了不少钱。"说完，我转身走出牢房，我父亲紧紧抓着他的裤子，跟在我后面出来，随后那位警察锁好我们身后的门。我们沿过道走进另一间房，他们将他的个人物品归还给他，由于他的手抖得太厉害，无法亲自逐件签收，只好由我代劳，需要签收的有他的鞋子和皮带，有他皮夹里剩的东西，还有一把小折刀，那个，我想最好还是留在这里，那位警察说，我说，没问题，拿去吧，接着我签收了他的夹克。我可以肯定，那就是我上一次在火车站旁见到他时他穿的夹克，离这儿不过两百米，当时还没有这栋大厦，他的身后是旧的、凝重的、石灰色的候车楼，而不是现在旁边新建的现代化候车楼。

那位警察让我们从大楼后面的一扇门出去。这样，我们不必挤过拿着护照、号码和A4纸打印的无犯罪记录证明的人群，穿过第一个停车场时，我能看出我父亲的右腿瘸了，接着我们穿过第二个，朝我崭新、灰色的梅赛德斯车走去，车子的前窗加了茶色，他说：

"哟，豪车呀，真棒，大衣，还有车，一定要花很多钱吧，那车。"我说：

"是啊，当然要花很多钱。"

"我穿这身衣服，不能坐那车。"他说，我看了看他的衣服，他说的确有道理。

"别废话，上车吧。"我说，他打开后面的门，我说：

"别，你坐前面。"

"啊，那可不行，那怎么行。"

"行的，看在上帝的份上，拜托，你就坐前面吧，赶紧，你不能坐在后面。老天爷。"他小心翼翼地坐入前座，尽可能使他的后背与干净、芬芳的座椅皮罩之间留出一道细缝，几天前，我刚拿掉皮罩外的塑料膜。接着我们掉头驶出司法处大楼前的停车场，我照来时的路离开利勒斯特伦，上E6高速公路，经过通往这儿那儿、通往一个个我毫不在乎、也不关心那儿住着谁的地方的出口，我一路前行，过了默克火车站。

我转入一栋房子的车道，他称那是他的家。我以前从未见过。那里地处默克镇北部，稍稍偏西，火车不经过这一带，以前也从来没有。去公共汽车站要走一公里，而且一天只有一班，周末则什么车也没有。就是这样一个地方，只对住在那儿的居民有存在意义，而且恐怕连那也微乎其微。我年少时曾和吉姆骑车路过几次，去再往西的一条小河里钓鱼。那儿有一道瀑布和一座池塘，很适合钓鱼。喜欢钓鱼的人是吉姆，但我总是同行，他是我最好的朋友，所以圣诞节时，我希望收到一根带旋式诱饵的鱼竿及其他配件，约恩森送了我一套，他是唯一懂得倾听的人，只有他。后来地方议会决计修建水坝，瀑布断流了，我们也不再去那儿。我们无所谓，有别的可以去的地方。

他靠自己的力量下了车，他不需要帮助，裤子重新系上皮带后，现在他感觉好些了，他说。

我也从我这侧下了车，心想，我把这项任务完成，然后就走，我不会在路边停留，我会跟他到门口，然后告辞。

我父亲隔壁那栋房子的台阶上有个人。他在抽烟。他看着我们，仿佛想告诉我们一些事，我也看着他，准备听听他有什么要说的，他是我父亲的邻居，他微微颔首，然后却一副若无其事的样子，转开头，目不转睛地朝马路望去。

"我送你到门口。"我说。

"哦，好呀，那真棒，"他说，"你陪我走走，那不错，是该那样，儿子送父亲回家，正是，你还可以进来喝杯咖啡，那再自然不过，理应如此，我来烧水，很快就好，不过你知道，我只有速溶咖啡，你大概不再喝速溶咖啡，不像以前，现在你有了那车，什么都有，你喝的多半是法国人的，叫什么来着，牛奶咖啡还是什么，你喝那个，是吧。"

没错，我从小喝咖啡，十岁时，他逼我喝的，后来我喝上了瘾，他在咖啡里掺入糖和牛奶，坐着看我一饮而尽，再来一杯，他问，现在我还是那样喝咖啡，加糖和牛奶，但我不记得我们喝的是不是速溶咖啡，那时是不是已经有人发明了速溶咖啡，我相信没有，即使有，可能也只在美国，所以回首过去，我确信我父亲做的是一般的煮咖啡。

我们来到门阶旁。走过石板路时，他步履蹒跚，一瘸一拐，但现在的他不是喝醉了，只是腿不灵便，他骨瘦如柴。我说：

"就到这里吧。你的门是不是没锁？"

"当然没锁，"他说，"不过你一定要进来，喝杯咖啡，不到你爸爸家里喝一杯，这实在说不过去，我们那么久没见了，但你没变，我知道你不会变，汤米永远是那个乖孩子，我对警察说。"我们四十年没见过面，我不明白他怎么能讲出如此荒谬的话，他口中的乖孩子曾经手持球棒，而现在的我今非昔比，并且每天都在变化。我变得飞快，却不是往好的方向。

结果，他的门并非没锁，他突然一脸困惑，眼睛睁得又大又圆，他神色惶恐，开始在口袋里摸索，可他的钥匙不在裤子里，不在夹克里，也许他落在了利勒斯特伦，在司法处的一个架子上，或是在他喝醉时弄丢了，不管他在哪里喝醉，反正他记不起来。

我后退了几步，绕房子走了一圈，看会不会有窗户开着，我们可以爬进去，那是一栋平房，我可以，我四肢健全，但所有窗户都紧闭。我的父亲站在台阶上，呆若木鸡，他没有应对之策。我沿步道一直走到信箱，又走回来，一路盯着地面找了两遍，我能看见隔壁那个男人正慢慢朝分隔两家小院的树篱走来。我迟疑了片刻，我不喜欢那个人，不喜欢他的眼神，但我还是朝树篱走了过去。他停下，靠他一侧，属于他那半边的树篱长到和他的胯一样高，经过精心修剪，而靠我父亲这一边的，疏于打理，长至和我的腰一样高，看上去破落、寒酸。他说：

"今天天气不错。"

我抬头看了看。今早天气晴好，但此时乡间的天空已浓云密布。

"不见得。"我说。

"是吗。"他说，我心想，他是个虚头滑脑的坏痞子，我了解他这种人。现在我没空对付他。

"东西在信箱里。"他说。

"什么，"我问，"他的信箱里？"

"不，我的信箱，钥匙，他把钥匙放在那里面了。"

"你为什么不早说？我们一直在到处找钥匙。你看见的。"

他没有应答。

"你为什么不把钥匙放到他的信箱里，这样他就能找着了。"

"我为什么要那么做？"

"是啊，你为什么要那么做。"我说，然后转身朝信箱走去，他在我身后嘟哝道，该死的酒鬼，我才不干呢，可信箱不止两个，有许多，沿路的房子鳞次栉比，信箱也全部排成一行，隔壁这位邻居没有告诉我他的名字，所以我不知道该看哪个信箱，照一贯的办法，我只得一边走，一边将手伸进每个讨厌的信箱，直至摸到钥匙为止，我把钥匙圈套在手指上，往回走，那人站在树篱后面，脸上堆满笑容，我穿过草坪，朝树篱走去，在他近旁停下，冲着他的脸说：

"你这个小人。"他说：

"随时乐意相助。"说完，把三个手指举到太阳穴旁，行了一个童子军式的礼，咧嘴笑着，回他住的房子，我听见他咕哝道，该死的酒鬼。我朝门阶上我的父亲走去，把钥匙插入锁孔，开了门。

　　我从未见过这样的景象。情况不妙。他抢着从我身旁走过，把纸板箱、垃圾和各种难以名状的东西踢到两边，清出一条路，又把穿旧的、沾有油漆的鞋踢到墙边，他踢开的还有丢在地上的衣服，这些脏衣服他很久没有穿过，虽然步履蹒跚，但他踢脚的动作依旧干脆利落，很有一手，那是天赋，那踢脚的功夫，来自上天或地狱所赐，小门廊里也到处是坏损的鞋子，数量多得非同寻常，大多数是旧的，鞋头已磨得很薄，他收集这些鞋子做什么，尽堆在家里。遍地是装在塑料袋里的垃圾，足不出门，从未见过天日，许多甚至不是装在袋子里，而是随处乱扔，所以地上铺满一层废品，一股臭味从其他两间开着门的房里传来，一间是浴室，另一间想必是他关着窗睡觉的房间，想到他竟能睡在那样的房间里，教人作呕，最难闻的是从厨房飘来的恶臭，熏得令人掩鼻、窒息，我的父亲就站在那门口，一边招呼我进去，一边说：

"快点呀，"他说，"进来，咖啡马上好，我已经烧上水，不用很久水就热了，我买的这个炉子很好使，你知道，你可以喝到与小时候一样的咖啡，把大衣脱了吧，哦，这衣服真有档次，真的，一定要花不少钱，天哪，我的上帝，你千万别否认。"我在心中念道，是，是，是要花不少钱，事实上，我拥有的大量东西都价格不菲，要花许多钱，就是那么回事，我买的大多数物品，对我并无用处，我只是买而已，现如今，每个房间有两三件这样的东西，在我一个人住的家里，墙上挂着我熟视无睹的艺术品，我的家具是最新流行的式样，我有古董，有玻璃、不锈钢或玻璃加不锈钢所制的名牌水罐，还有搅拌机和意大利产的烟灰缸，可我的眼里没有它们，一件也没有，我也不用，甚至想不起是在哪里买的。但我穿着大衣没脱。我不打算在我父亲家里逗留。

我穿过走廊，来到厨房门口，一路全是垃圾废品，进了厨房后，我强迫自己放空眼神。

在正要坐下时，他说，当心你的大衣，汤米，他在凳子上放了一本难得完好无损的有光纸印刷的家政杂志，摊开，然后才让我坐下。

他在我的杯里放入速溶咖啡，水已经开了，很快，他说得没错，接着，他给我的杯子倒满水，那个杯子不是很干净。

"你的腿瘸了。"我说，我到底为什么要提那个，话就这样脱口而出，我真想咬掉我的舌头，在嘴里塞满鹅卵石，塞到牙碎为止，把我的脑袋从脖子上敲下来。

他把脸转开，看着墙壁。

"我瘸了许多年。七十年代有一次，我摔断腿，就是那时候。事后没有彻底痊愈。一辆车撞到我，我落入克勒夫塔村旁的一条沟里，他跑了，那个王八蛋，他不愿停下来，是的，没错，他懒得管我，我想是我长得不够精明，他是城里人，你知道，从奥斯陆来的，那不难看出，我没记下车牌号或任何信息。后来我试图求助，但一无所获，你瞧，我不可以拖着那样一条腿走路，不行，但我试了，我猜，拖着那样一条腿走路，那是留下后患的原因，所以自那以后我瘸了，瘸到今天。那发生在七十年代，大概那个前后，现在我完全习惯了。"他说，可他的话全是胡说八道。

此时我坐下了，他却一直站着，不肯坐，这教我恼火，谁更老弱病残，不是我，绝对不是，他羸瘦的身躯，仿佛随时可能折成两半，接着，他突然露出微笑，他是个滑头，他在编故事，正是如此，他没指望我相信他的一字一句，那才是关键所在。我们俩都清楚他腿瘸的原因，我们什么也没忘记，没有心理学上讲的潜抑，可我们照理不该谈论此事，不行，那是事情的诡谲之处，我们只可互相对视，也许嘴角闪过一笑，对那段往事、那份回忆，心照不宣，仿佛那是某样我们共同所有的东西，属于他和我的，亲密而粗暴，一条把我们拴在一起的隐秘、炽烈的纽带，血脉的纽带。

接着我站起身。没有和解，我想，没有东西把我们联结在一起。我抗拒。

汤米·2006 年 9 月

时近下午三点。我开车，两度向北行驶五十公里，又两度向南五十公里，往返于鲁默里克北部和南部之间，不是别处，偏偏是这片我不再前往的地区，我已许多年没去过那儿。眼下我开着深灰色的梅赛德斯，以至少一百公里的时速飞驰在高速路上，向奥斯陆驶去，我寻思，九月中一个普通的工作日可以容纳多少事，时间是否像个空麻袋，可以任你往里面填充不管多少东西，时间的运行是否并非从这一点到那一点，而是循环往复，一圈又一圈，所以每当车轮转过一圈后，你又回到起点。

但实际不是这么回事。以前的我青春年少。现在我不再年轻。我不可能恢复青春。

就这样，那天我第二次驶近利勒斯特伦，几个小时前我刚离开的地方，但这次，我不是有任务而来。我不想回家，也不想去办公室，那位于奥斯陆市中心一栋大楼的十层，我天天在那儿同钱打交道，那些钱看不见摸不着，犹如液体，随机往这儿那儿流动，或在我看来是如此，那些钱像水一样尽可能透明，也有时候像最浑浊的水那样晦暗不清，没错，

183

那才是重点，很难洞彻你在做的是什么。我心生一念，我决不再回那儿去。那是一个出乎意料的念头。真不可思议，我想。大概没有人曾料到我最终会在这样一个地方工作。回顾我的出身，我一路在夹缝中、如履薄冰地从童年走到今天，仅是想象我会坐在一部电话和一台计算机旁，把无形的钱转来转去，从中赚取一大笔多到令人汗颜的收入，这教人过意不去或困惑，至少这使约恩森感到困惑。我把锯木厂卖掉时，他哑口无言，痛心疾首，但我深信我非卖不可，这是我在八十年代学到的一课，你若拥有一样有价值的东西，不卖掉就会亏钱。我不仅卖了卡伦锯木厂，而且是卖给我们在瓦尔默的竞争对手，那人旋即把厂关了，从而垄断我们那片地区的木材生意。我不该那么做的，那改变了我，可谁叫约恩森告诉我，我有算术头脑。在我三十五岁时，他把锯木厂转让给我，我有别的事要做，他说，你会经营得很好，现在你已熟悉厂里的一切运作，你可以继续努力，他说，大干一番，远胜过我，尽量发挥你的才能，他说，蒸蒸日上，但我相信，他指的目标不是奥斯陆市中心的办公大楼。

他谅必对这件事、对我的做法念兹在兹，尤其是他临终前住院的那段日子里，他一定时常想着，可我去看他时，他只字未提。要是他提起就好了。

我在谢斯莫闹市口旁下了E6高速公路，这是当天第二次，我顺着环道，绕壳牌加油站行驶一大圈，进而越过高架桥到另一边，下山往谢勒村，路过那儿的小型飞机场，进入利勒斯特伦镇。我把车停在中心广场，以前是酒类公卖局的那栋大楼旁。以前，吉姆和我总是盼着我们一到法定年龄，就来这家分号排队买酒。默克镇没有酒类公卖局，连想也别想，所以这家是最近的，不过当然，我们没机会来过。

如今那地方开了一家餐厅。我略感吃惊，我不知道原因。那儿总不能闲置着。反正，餐厅在营业中，我不知道他们是否提供午餐。今天，我只在大清早在桥上遇到吉姆前吃了一丁点东西，吃完后，我开着我的高档轿车前往市中心。那是上世纪的事，现在我饥肠辘辘。

他们果真提供午餐。但那是一家古怪的餐厅。店内阴晦幽暗：深色的木制家具，黑漆漆的角落，房间尽头，铁栅后面的天花板上挂下一具骸骨标本，四面墙上有歪得离奇的架子，上面摆着故意看起来像发霉的书。我悄悄溜进厕所，小便池上方贴着恐怖电影的海报，接着我恍然大悟，这是有含义的，有人定了一个主题，营造出富有趣味、令人毛骨悚然的氛围。这没什么意思，我想，而且阴森的东西不是我此刻需要的，就算是有趣的阴森的东西也不要，所以我又出了餐厅，去街对面新建的购物中心，穿过旋转门，想在里面找个可以吃饭的地方。一楼有家蛋糕店，但我要蛋糕做什么。我戒了蛋糕。我气得浑身像针扎般的痛。我肚子饿，我甚至想喝点小酒，若能弄到一杯，我的身体会消除紧张，暗暗镇定，心情会平复。现在假如有人和我讲话，我估计，我什么都做得出来。

我穿过新建的购物中心，从另一边出来，又走进老的，乘自动扶梯到三楼，沿长廊经过几家精品店，有一家叫"完美搭配"，看上去气派非凡，但里面没有一件衣服可以穿在我身上又不显造作。我胖了，而且那家店的风格太青春。现在，凡是这些精品店卖的东西，所有的衣服，都是为年轻人设计的，或是给上了年纪却不肯认老的人，他们想要苗条，从广告、杂志、海报上能看得出来，他们想骑摩托车，打软式壁球，每年夏天参加伯克贝纳尔竞技赛，冬天也一样，比的是滑雪，然后把这当作下周一在单位食堂的谈资，细述比赛每一步的经历，打趣彼此所受的考验和胜利的成果，比较用时与装备，他们购买鲜艳醒目的运动器材，出发上山。但我不是他们中的一员。

最后，在一个角落，有一家面向长廊开着的小餐馆，你可以从任何方向径直走进去。那看起来正合我意，没有花哨的主题。我走了进去，把大衣挂在一张椅子的椅背上，然后走到柜台前，点了一客颇为丰盛的午餐，或者说提前的晚餐。柜台后面的女服务员很友好，她问我过得怎么样。我以前从未见过她，凭什么要告诉她我的近况。我说：

"挺好，谢谢。我很好。"我心想，哦，天哪，我快饿死了，赶紧给我吃的。

"听你那么讲就放心了，"她说，"刚才有个坐在你那张桌子的人，他闷闷不乐。他是这儿的常客。他几乎从来不笑。总是一个人。我努力想使他高兴一点，可似乎并无帮助。那看了教人难过。"

"嗯，想来是，"我说，"不过我不认识那个人。这是我第一次光顾这儿。"

"没关系，"她说，"我以前从未见过你。不然我会记得你的，我确信。"她说。接着，我冷不防地说：

"我讲的不是实话。我不好，我一点也不好。"她静立了片刻，然后说：

"哦，听你那么讲，我很难过。"

"嗯，是教人难过，"我说，"我真希望一切都称心如意，但不是。"

"是什么事如此悲伤？"她问。

"一言难尽。"

"不妨讲讲看。"她说。

我环顾四周。柜台旁没有别人。我看着她。她风采迷人，她比我年轻，年轻十岁，或更多。我能看见她的两只手，她没有戴戒指。但我无法向她讲述，今早，天色微明，在乌尔夫亚岛旁的桥上，让我感慨万千的吉姆和他的蓝色羊毛帽，特别是那顶帽子，还有他以前一直穿的那件双排扣厚呢短夹克，我也无法向她讲述我的父亲被关在醉汉拘留所，那儿墙壁的颜色，他没了皮带的惨不忍睹的裤子和他穿着条纹短裤的脚，好似孩童的脚，不，我无法站在柜台旁，向她倾诉那些事，不管她多么迷人，死活不行，我做不到。此外，我饿得慌，我像个急需上厕所的小男孩，不停倒换着双脚。

"恐怕我得自己先想清楚才行，"我说，"眼下我快饿死了。"

"你去坐着，"她说，"我为你把餐点准备好。"

我付了餐费，走到我的桌旁坐下。我手头没有报纸，唯一能做的是发呆，可我还没回过神，她已经端着一盘餐点从柜台后面出来。她不必那样做的。照理她可能也无须那样。这是一家自助服务的餐厅。不过食物闻起来很香。当她俯身把托盘放到我面前的桌上时，她整个人也散发着一股香气，她从托盘上端出我点的餐，还有面包和刀叉，然后将托盘夹在腋下。我能近距离看见她脖子上的皮肤，她的皮肤给我一种如此奇特的感动，目光继续下移，我能看见她上衣里的皮肤，那仿佛是我以前见过、以前触摸过的，我的心中盈满乡愁。她莞尔一笑。她的脸已然是一张熟悉的面孔。她很漂亮。我也朝她微笑。她大概对这家小餐馆的所有顾客都那样微笑，至少男性顾客，我想，她对刚刚离开的那个人大概也这样微笑，他就坐在现在我坐的这张桌旁，在我饥肠辘辘、穿着紫色大衣走进小餐馆的前一刻。

"用餐愉快。"她说。

"谢谢。这会对我有益的。"我回答。她又说：

"但愿如此。"然后迈步走回柜台。我望着她离去。

"请等一等。"我说。

她停下，转身。

"不知会不会太失礼，"我说，"可否请问你叫什么名字？"

在她背朝我往店堂另一头走去时，脸上不带一丝笑容。那可能有好几个原因，不止因为她招呼完我了，要让嘴巴歇一歇，准备接待下一位男性顾客。

"一点没关系。"她说。"我不认为这有失礼之处。贝丽特，"她说，"我叫贝丽特。"

"贝丽特，"我说，"谢谢。那真好。很高兴你告诉我你的名字。我感激不尽。"

这不易解释，但我确信，促使我问出口的原因是她的皮肤，她的脖子。简直可以说，如有可能，我多么想，再度，把手放在那上面，轻抚触摸。

"感激我。也许吧。"她说，不过她依然面无笑容，此时的她看上去十分严肃，仿佛出了什么严重问题。可能是她的名字，或别的事。我怎么知道。可她很美。我喜欢看着她。

"希望没出什么问题。"我说。

"我想没有。"她说。

我点头。一定有什么不对劲的地方，不知怎的，现在我们上了同一条船，正是，是我们自己往这个方向走的，我又点了点头，尽可能显得热情，但不至于热情到让我必须再讲一些可能更拉近我们距离的话，我们已经够亲近了。全是我的错。我不该多嘴的。我要让事情到此为止，我想。除了礼貌地任其自行泯灭以外，没有别的出路，让我们之间生成的情愫，因缺乏氧气、毅力，或甚至勇气，甚至一点点的勇气而消亡，因此我什么话也没说。我缓缓朝桌子垂下头，对着那盘我尚未动过的食物。她也一样缓缓地转身离去，在飞快的一瞥中，我能看出此时的她显出老态。她不笑时显得老。但她风韵依存。

我头也不抬地吃东西。真希望我的面前能有一份报纸，我想，最好是《晚邮报》，或《今日商报》也行，那看上去会自然些，像现在这样，如此长时间地坐着，伏在桌前，那不合常情。可我还能怎么办，我想，继而我又想，吉姆此刻人在何方。我不知道他住在哪里，我怎么会知道。今早他出现在桥上，但这不表示他有可能就住在附近。桥上钓鱼的人，没一个住在附近的，乌尔夫亚岛的居民都知道，你会在夜幕还未升起或一大清早时看见他们，别的时候，他们从地球表面销声匿迹，谁知道他们是些什么人。反正我不知道。所以吉姆可能住在任何地方，在奥斯陆，或出城，在更远的埃内巴克、内索登或德勒巴克。不，不会在德勒巴克。但一切皆有可能。他在我们十八岁时搬离默克镇。我们俩差不多认识了十八年，他一岁时，他的母亲带着她的舌尖颤音"r"来到默克镇，怀里抱着吉姆，提着一个大袋子，几乎没有别的行李，这是我听人们说的。不过这是很久以前的事。一段完整的人生于那天在中央医院走到了终点，那是当时的感觉，即使三十年后依然那么觉得。事情一下子变得不可理解。我怎么能没有他而活这么久。怎么可能。我把脸对着桌子，哭了起来，我想，我怎么能没有他而活着。我努力把脸埋向盘子，不哭出声，此时盘子基本空了，仅剩几片薄薄的培根，但那还是不容易。我紧闭双眼，忍住泪水，我紧闭嘴巴，屏住呼吸，但随后我的肩膀开始颤抖，我止不住。我的口袋里有手绢。我摸了摸裤子口袋，没有，接着是夹克口袋，然后是挂在椅背上的大衣。那动作不免有点别扭和笨拙，因为我无法抬头或转身，只得使劲把右手拧到背后，最终，我在左侧内口袋的底部找到手绢，怎么会放在那儿的，我掏出手绢，完整地擦了把脸，还擤了鼻子，装出像是患了感冒的样子，事实上我的确感冒了，感冒了好几天，所以我身上才会有手绢，平时我是不带的。这回我把手绢放进裤袋里，然后我抬起头，她就在我眼前，从柜台后面全神贯注地留意我，两旁分别是咖啡机和收银机。没有人隔在我们中间，没有人在收银机前或我周围的桌子旁，她的站姿有点特别，一只手按在柜台上，另一只手置于前一只手的旁边，两只手上都没戴戒指。她面无笑容。那是我的错。我不该多嘴的。这简直教人难以忍受。我再度低头看桌子，像我小时候那样，用手背抹了抹鼻子，然后站起，从椅子上拿起紫色大衣。

那件大衣很厚。我朝她投去一瞥，微微颔首，顺势垂下目光，心想，上帝啊，我真该庆幸，这里必须先付账。接着我把大衣搭在手臂上，走出了餐馆。

我乘自动扶梯下楼，走向最近的旋转门，经过墙上的指示牌，写着"社会保障署，三楼"，旁边是个带玻璃门的楼梯井，里面有电梯，我出了购物中心，来到闹市街上。我在人行道上停住。火车站和汽车总站在左边，沿长长的街，绕过艺术中心旁的弯道，从我站的地方看不见。往右，购物中心的后面，停着我的车，在那栋我也看不见的大楼旁，那儿的一楼不再是酒类公卖局的店，而变成一家恐怖主题的餐厅。我不知道酒类公卖局搬去了哪里，但我确信他们在利勒斯特伦还留着一家分号。一定有。寒气袭人。秋日的阴风从尼特尔瓦河和大湖上吹来，悄悄飘过街道。和以往一样，利勒斯特伦总是稍冷一些，冬天，当潮湿冰冷的空气贴着你的肌肤，冻得你发痛时，那真难受，对此我记忆犹新。现在虽是九月，但也毫无区别。我穿上大衣，扣得严严实实。我左右张望，看了看街道两头，找不到一处可以停留目光的地方。我不知道究竟要去哪里。

我站着不动。我迈不出第一步。一名女子从我身后的旋转门出来。我看不见她的人，但闻到脑后她身上浓烈的香水味，我想必挡了她出来的路，她撞上我的力道之大，差点把我撞飞，那发生得太突然。

"搞什么鬼。"我吼道。

"闪开。"她冲我的耳朵厉声说，她在嚼口香糖，我像狗一样灵敏，没有什么味道我嗅不出来。我确信她长得很丑，我转身验证我的猜测，结果我大错特错了，她很有姿色，但那是一种刺眼的美，化着妆，神情略带鄙夷，我了解这类人，她们不是来自奥斯陆，她们来自乡下，我和她们一起长大，对她们了如指掌，她们给我一种踏实和安全感。

我双手叉腰说：

"看在老天的份上，冷静。"

"冷什么静，"她说，"你挡了我的道。"她如此自信，如此挑衅。

"我想恐怕是的。"我说，接着我忍不住大笑。"抱歉。"我说。

"不必。"她说，"都怪那扇门撞到我，痛得要死，就撞在这儿，"她说着，拍拍她的臀部，继而她又说，"这大衣不错。有派头。"

"谢谢。"我说，她凑过来，亲了一下我的前额，那丝毫不令我吃惊。"祝你愉快。"她笑道，声音粗哑，那也是意料之中的。

"也祝你愉快。"我说，她走了，我目送她离去。我从口袋里拿出手绢，擦了擦前额。那是个不一般的吻。她沿闹市街往火车站走，半途中，她转身挥手。我也举起手。接着我穿过旋转门，回到购物中心，乘自动扶梯上三楼。

我从长廊里的精品店旁走过，连他们挂出的招牌和店名也不看，然后在长廊与小餐馆的分界处停下，正好踩着嵌在地上的那组亮闪闪的轨道，餐馆打烊时有一道宽阔的安全栅门可以拉拢，这样就无人能进去捣乱偷东西，此时柜台前排了三个人。他们端着的托盘里堆满食物，那需要一点时间，而且可能会有更多客人来吃晚餐，不是午餐，但我兀自站着等待。我其实什么也不想。我就站在那儿。我不知道我有过什么样的幻想。幻想她从柜台后面出来，脱下围裙，走到我面前。像电影里似的，迈向我。幻想即使在遇见了吉姆和我父亲以后，这天仍将有新鲜的事发生，仿佛那是一个划时代的日子。

在我看来，她的眼睛忙个不停。她在托盘和收银台的按键之间来回扫视，输入总金额的速度之快，几乎看不出她的手指在动，她一直没有抬头，先给三位排队、饿着肚子的顾客结完账，接着又招呼了一位在此期间来排队的，现在他正朝窗边他的桌子走去，这回没有人把餐点送到他们面前，他们必须自己端托盘。

她抬头，当即看见我。我站在原地，一步也没动。又一位顾客端着托盘过去，我看得出他只想要一块香草蛋糕和一杯咖啡，可她越过柜台，凑向他，一边微笑，一边说了些什么，他彬彬有礼，也报以微笑，并放下他的托盘，接着她锁上收银机，把钥匙放入围裙口袋，从柜台后面朝我走来。那使我有点紧张，我知道我讲过的或没讲的一些话惹得她不悦，从而有了嫌隙，假如两个认识十分钟的人之间也能产生嫌隙的话，现在我又回来纠缠她，她被迫过来说明，她无法容忍这样的事，请我务必走。假如到了那一步，我可以走。结果她在我面前停下，直视我的眼睛，头歪向一边，又歪向另一边。她等待。那使我感到局促不安。接着她破釜沉舟，我确信她内心的想法是，就让我来开口吧，她想，管它呢。她说：

“你能不能等我半个小时？”

“可以。”我说。

“好。”

她转身，走回柜台，用钥匙打开收银机，输入香草蛋糕和一杯咖啡的金额，引起我注意的是，她输入总额的动作比先前慢了许多。

我开始沿着长廊漫步。一阵暖流涌遍我全身。我仿佛刚完成了第一次跳伞。安全着陆。

汤米・下午・2006年9月

　　那是漫长的半小时。我主要待在利勒斯特伦购物中心二楼的书店。店内有一扇窗，对着集市和露天表演台，但现在是九月，没有人演奏音乐，也没有值得一提的摊贩。我父亲住的地方阴天，这儿却阳光普照，给集市洒上一层梦幻的金光，但奇怪的是，柏油碎石路面好像结了冰，在底下泛出青色。一位妇女提着购物袋走过。袋子上有"完美搭配"店的标识，一个红色三角形，顶上印着M[1]。她戴了一顶羊毛帽和手套，可天其实没有那么冷。

　　我在书店没有找到感兴趣的书。但凡新近出版的小说，没有一个作者的名字是我熟悉的，两张长桌上堆了三叠厚厚的犯罪类书籍，紧挨在一起，大部分是挪威作家写的，这些人我也没听说过，也许除了一两个特别畅销的，我在报上见过他们，《每日新闻》的艺术版有整整一页写他们的，在金融专栏的背面，因为他们收入丰厚，可实际上，我不是很喜欢犯罪小说。多年前我读过雷蒙德・钱德勒的书，但我觉得让人兴奋的不是破解出谁用刀子、子弹、钝器杀了谁。我喜欢的是那位主人公，私家侦探菲利普・马洛。我不知道为什么，但

195

他触动我的地方，出乎我对一部犯罪小说的预期。他具有某种魅力。可能是一种尊严，一种我自认为没有的狷介，虽然也许我曾经有过。特别是其中一本：《漫长的告别》，看完时，我感到心如刀绞，近乎绝望。菲利普·马洛系列的小说有七本，全部读完后，我没再读过别的。我确信市面上没有其他犯罪小说能像雷蒙德·钱德勒写菲利普·马洛的书那样打动我。那是当时我唯一感兴趣的事。距今已有许多年。自那以后，我基本没读过一本纪实类以外的书。我将那置诸脑后。我没工夫感时伤怀。我决定，让事情顺其自然，不再去想它。

可站在那几叠数量多到惊人的犯罪小说中间，我难以集中精神。我不停地看手表。这次一定不能出错。我忽然害怕起来。我干了什么。一切都会变，我想。我做不到。那超出我的能力范围。但这是我唯一的机会，对此我深信不疑。我想，假如失败，我就完了。到时，一切将继续一成不变。但那是不可能的。事情不可能和原来一样。一切终需改变。否则我就完了。

当我再度乘自动扶梯上楼时，她已等在小餐馆外的长廊上。可我没有迟到，她说半个小时，我甚至提早来了，结果还是她在等我。她穿上了外套，绿色的，她穿着看起来很精神。她的模样变了不少。这令我惊讶。那件外套给她增添了几分女人味，在我看来，她更加自由，解去了

---

1 "完美搭配"的英语原文 Match 的首字母。

束缚，平易近人，我能打心眼里感受到，眼前没有回头路。我沿长廊朝她走去，一边走，一边用手抚过旧得发亮的栏杆，底下是大厅，那是我小时候会做的动作，在整个世界渗入你的皮肤之际，此刻，那平整的金属摸上去冰凉、光滑，每隔一米，我感觉钉子碰到我的手指，好像铁轨的接头，我经过精品店，经过手袋店和那些出售根本不知所云之物的商店，来到小餐馆前。她看见我，举起手朝我打招呼。那阵同样的暖流涌遍我全身。那令人喜不自胜，像电击一般，但不是痛苦的电击，没有触电的那种痛，这更紧张刺激，电压比普通电流高，仿佛有东西在腰间嗞嗞作响，更活跃，更深入，像一股热水顶上胸口。这是怎么了，我想。我不会回首。

我来到她跟前。

"嗨。"我说。

"嗨。"她说。

我必须讲点好听的话，我想，所以我说：

"这件外套很漂亮。"

的确如此，这是我的真心话。

"谢谢，"她说，"你的也一样。喔，不是外套，是大衣。"她露出微笑。我能感觉自己也在做同样的表情。

"那么，可以走了吗？"我问。

"可以，"她说，"我们走吧。"

我们走到长廊对面。她伸出手臂，挽住我，我们踏上自动扶梯，扶梯载着我们下行时，我们就那样手挽手站着，挡住着急、想要超前的人，但我们绝不可能前后站立，我想，此刻不行。不过我们后面没人，一到楼下，我们手挽手从自动扶梯往出口走去，经过写着"社会保障署，三楼"的指示牌，进了旋转门，我们挤在同一块旋转区域内出来，然后继续并肩向前，雀跃地来到闹市街。我们在人行道的边缘停住，她放声大笑，她的笑声出人意外地阴沉，是我事先没料到的，我想，这使我忐忑得神经紧绷，我又回到这儿。在这条人行道上。和上次一样。却也不一样。

"现在怎么办？"她莞尔一笑。

我没有主意，我们可以去哪里。

"你住在哪儿？"我问。

"谢腾。"

"我们能去你家吗？"我问。

"不，"她说，"那不行。"

好吧，我想，那不行。

"我们不必去什么特别的地方，"我说，"假如你愿意，我们可以先上我的车。就在附近。走不走？"

"正合我意。"她说，她说话的口吻平静，不卑躬屈膝，也不温顺，她有自己的立场，她不克制自我，也不卖弄风骚，不像许多身处此类情境下的人一样：模棱两可，留一条后路，有点教人啼笑皆非，接着，那股暖流第三次流遍我全身。在我看来，她的想法与我一致。她不回头。

我们走了两个街区，在对面的人行道上绕过购物中心，那是往北，途经我先前去过的那家怪餐厅，这回我才看到入口上方的招牌，写着

"化身博士"，风吹动那块招牌，我想，喔，原来如此。她的手臂仍挽着我。我们相识已久，我想。从我们同行时这副极其自然的样子看，想必如此，但其实不然。真正令人意乱情迷的是我并不认识她，一切汇聚在她搭着我臂膀的那只手里，强烈至反常的地步，像一块磁铁，把一切吸引过去，却仍如此轻如鸿毛，令我觉得新鲜，这正是我想要的，她给我的新鲜感，我想尽可能久久地维持这种感觉，这样，她可以把我吸引过去，而不是相反，我把她吸引过来。那对她有何益处。她必须在还来得及以前改变我，我想，她能做到吗，我寻思，那在不在她的能力范围内。

我们穿过停着的汽车，朝我装了茶色玻璃窗的梅赛德斯车走去，我担心她会议论那辆车，说它看起来价格不菲，或是，噢，天哪，真高级，可她没有。她不当回事儿。停车证已超时很久，那是意料中的事，风挡雨刷下面有一张黄色的停车罚单，用防雨的塑料封套包着。我打开锁住的车门，取下那张纸，扔在后座。我好多年没因停车被罚过钱，所以我不知道罚金是多少。

她看着我，面带微笑。

"那要怪你。"我说，她笑了一声，耸耸肩。

"好吧，"她说，"是不是很严重？"

"咳，没事，"我说，"应该是罚钱。估计便宜得很。"

"你怎么不瞅一眼？"

"不。付多少我都乐意。这是值得的。"

我走到车子另一边，打开前面副驾驶座的门，耀眼的秋阳照在车身灰色的油漆上，反射进我的眼中，我不得不闭目片刻，我再度睁开眼，一阵风刮过停车场，吹进大楼之间，明媚的天气下，杰基尔博士和海德先生随风从我们身后的房子破门而出，我注意到她下巴底下的皮肤和外套衣领上方露出的脖子，那股电流又流过我的腰间，这不只是欲望，但包含欲望。我弯下腰说：

"到了，小姐。请上车。"她发出她阴沉的笑声，拉拢膝盖处的外套下摆，入座，脚跟着收进车里。我小心地关上车门，绕过车子，回到我这一侧，坐进驾驶座。在我系上安全带，发动车子时，她说：

"应该是太太。"

"什么？"我问。

"我的称谓是太太，不是小姐。"

"你难道结婚了？"

"是的。"她说。

"所以我们不能去谢腾，对不对？"

"对。"她说。

引擎罩下的发动机嗡嗡作响。你几乎听不见。这是梅赛德斯车了不起的地方。我记得我买下第一辆车时，得意极了。那辆车很老，但全身没有一处生锈，漆成闪亮的白色，当时我仍在默克，与约恩森住在一起，我年纪尚轻，我存了两年的钱，默克镇的人，谁也不曾有过梅赛德斯车，所以我的车自然很扎眼。开在路上，无论从北面的瓦尔默或达尔，还是从南面的利勒斯特伦驶来，大家一看就知是谁，这是我的初衷，但许多人酸溜溜起来，认为我没资格拥有梅赛德斯车，我以为我是谁。在他们眼里，我顽固任性，不知感恩，可话说回来，我没理由感激他们什么，除了约恩森，或还有吕斯布以外，我心想，随他们开他们自己的破车和拖拉机去，开他们的沃尔沃和百福卡车，往来于锯木厂，他们怎么也比不上我，他们不可能超越我，我开的是梅赛德斯车。但这一刻，二零零六年的九月，在以前是酒类公卖局——我没有机会和吉姆来过——的那栋大楼前的停车场，拥有梅赛德斯车忽然变得毫无意义。那根本无关紧要。我开的可以是丰田，是斯柯达，那有什么关系，我要一辆这样的车做什么，我以为我是谁，我可以开标致，开马自达，谁会因为一辆梅赛德斯车而折服。不是我。不是坐在车前我身旁的某某太太贝丽特。她连瞧都不瞧一眼。

"快开车吧。"她说。

我察看过她的手。在小餐馆，她把双手放在我面前的柜台上，像故意展示似的，回想起来，我觉得她的动作恰是如此，是在展示她的手。我没有看见戒指。

"快开车吧。"她说。

我不知道说什么。我看着我的手，一只放在方向盘上，另一只握着变速杆，预备挂入一挡，我没有一个手指戴戒指。右手没有。左手没有。我本可以戴的，但戴的那一次出了问题，我在最后时刻退缩，后来我问自己，那个决定对不对。或许是对的。

"快开车吧。"她说。

我转身看她。她透过挡风玻璃定定地直视前方。她的双眸也许炯然如炬。在我看来似是如此。她有迷人的轮廓。她身上没有一处是不迷人的。

"那我们出发了。"我说。

我把车子挂入一挡，准备起步，接着发现不对。我的车与一辆黑色宝马车前后挨得很近，那辆车外表华丽，毋庸置疑，属于年轻人开的车，于是我把车挂入倒挡，徐缓地打弯，小心将车倒出来，掉头，慢慢驶出停车场，经过那家餐厅，我想，天哪，我烦死这家餐厅了。

我不想去奥斯陆，不想再走一遍那天我已经在E6高速上来回开了两趟的路，我也不想上山，往谢腾的方向去，那已经决定好了，所以没有太多选择。

我穿过利勒斯特伦镇，到高架桥下，上面是锃亮的铁轨，一辆货运列车正隆隆驶来，咔哒咔哒往奥斯陆去，一节接一节的车厢里装满从北部大森林中运出来的木料，我从背后经过四面通风的火车站，继续沿亚恩邦尼路——一条很短的街道——向前，上桥，连续下了好几天雨，尼特尔瓦河的水位高涨。此时虽然阳光灿烂，却仍有一丝寒意，我过了桥，在进隧道前的环岛左转，然后向西，穿过菲尔丁村、费莱特村，我从未去过的地方，但路旁的指示牌上有它们的名字。我说：

"你一定有一枚戒指？你为什么不戴？"

"我是有一枚戒指。我不戴，因为我不想戴。"

"可他难道不要求你戴？"

"要求，他当然要求我戴。你必须把戒指戴上，他说。可我不从。

我就那样。我抗拒。现在我再也不想戴了。一个钟头也不戴。"

"你什么时候决定的?"

"今天。"

"今天。莫非是我进小餐馆的时候?"

"比那早一点。"

"另外那个人在的时候。那个悲伤欲绝的人。"

"老实讲,是的。"

我不想听那个男人的事。他令我恼火。仅是有他这样一个人就令我恼火。但他没对我做过什么。他只关心他自己的事,不因任何问题而打扰谁,也没将他的人生置于他不认识的人手中。我本可以学他的。我不该多嘴。但那样,我不会走到这一步。跟她在一起。我说:

"可你为什么找上我?"

"是你找上我的。"她说,这固然没错。我已经忘了。是我去找她的。在离开小餐馆仅十分钟后,我重返购物中心,乘自动扶梯上楼,站在那儿,等她看见我。是我找上她的。我哪来的勇气。我不敢相信自己有这份勇气。但别无选择。原因在于此。

"没错,但你为什么跟我走。说吧。为什么挑中我?"

"因为你问我叫什么名字。"

我早猜到那一点。我不傻。这时,我离开了利勒斯特伦镇和尼特尔瓦河,驶上大湖沿岸的小山坡,经过加油站,前面是长长的平原,我横穿平原,到了另一边又下坡。行驶在一条不知会把我引向何方的路上,那真是别有趣味,下坡时转过许多道弯,那一样有趣,以时速五十公里途经北村，另一处我没去过的地方，但指示牌上有它的名字，驶过时能看到一栋平顶、刚粉刷过的学校大楼，寂静无声，窗户幽暗寥廓，放眼不见一个孩子，这天不是周六，也不是周日，奇怪，学校里怎么一个人也没有，不过这个谜与我们无关。

"别想戒指的事了，"她说，"那不重要。"

于是我停止去想那枚戒指，我放手，戒指叮一声落在地上，不见了。车内静悄悄的，右边，嶙峋的山坡陡峭地拔地而起，经年累月，这儿想必发生过多起塌方，你能看见巨大的岩石嵌在山麓碎石中间，表面长满苔藓，其他石头的样子则锋利吓人，公路左边，开阔的田野铺展在我们面前，打完谷后一片金黄，向下延伸至湖畔，虽然从路上望不到，但我们心中知晓，我恨不得就这样坐着，永无止境地开下去。她什么话也不必讲，我也不必，后来她轻柔地说：

"在餐馆，我问你什么事那么伤心，你说，你要先自己想清楚，你记不记得？"我当然记得，我什么都记得，我不仅记得她的话，而且记得她走路的样子，她怎么朝柜台走回去，她不笑时的脸，我记得一切，记得吉姆，坐在那张桌旁时我一直在想他。"那是你哭的原因吗？"她问，"因为你在思考的那件事。"

我知道她会问。那来得不意外。她想把我吸引过去。我必须回答。我必须将我的人生交于她手中。否则我就完了。我们没有时间循序渐进。

"因为吉姆。"我说。

"吉姆。"

"是的，吉姆。"

汤米·最后一夜·2006年9月

　　他在家中温暖的床上醒来，身旁躺着那个名叫贝丽特的女人，他的寓所紧邻峡湾，与其他岛屿为伴。他惊跳着坐起。她那侧床头柜上的闹钟显示，还不到五点，现在这成了她的床头柜，假如她想要的话，她想要多久就归她多久，她想永远归她也可以，她睡着了，他的家里晦暗、阒寂，她睡得悄无声响，他听不见她的呼吸。他凑过去，脸颊几乎碰到她的嘴，他的脸上感觉到她撩人、温热、活生生的气息。

　　他转身下床，坐在床沿，透过窗户，他能看见几盏提灯的光映在峡湾对面平静、沧浪的水上。此外一片漆黑。

　　这座岛屿不大。他的寓所和那座桥仅相距咫尺，他可以开车，几分钟就到，他想，我决不能晚了，假如晚了，便见不到他，我必须在他离开前抵达，接着他想，我不能堂而皇之地开着梅赛德斯车去桥上。他又看了一眼闹钟。走路过去，只需五分钟，他想，至少据他估计，可能久一点，不会久太多，不超过十分钟，虽然我并不确切知道，他想，我在这个岛上住了六年，我一次也没从家里走路去桥上过，也许再久一点，可话说回来，现在我必须更常出去走走，走得更远更快，如今我有了女朋友，我必须锻炼身体，今天我不打算进城，那种日子已成过去，现在，从今往后，将是不一样的生活。我会舍弃那辆车。

他缓缓从床上起身，朝衣橱走去。房间里黑魆魆的。

"嗨。"她说。

"嗨。"他说。他转过身微笑。屋里有个声音，不是他的声音。

"我看不见你。"她说。

"没关系。"

"你是不是在笑?"她问。

"是的。"他说。

"真好。"

他打开衣橱。那个衣橱很大，里面装了灯，他打开灯，光线柔和。后面整堵墙是一面镜子，幸好挂着一排衣服，他几乎照不见自己的模样。此时她眼中看到的是什么，他想。

大多数衣服，他从未穿过。他一时兴起买回来，如同这间房子里的许多其他东西一样。他看了一遍所有的衬衫。我不知道该穿哪一件，他想。

从他身后的黑暗中传来她的话音：

"你的衣服真全。"说完她发出她阴沉的笑声。他微笑着说：

"那没什么大不了吧。"

"我看未必。"她说，他接话道：

"假如你指的是那些衬衫，我有的是。"他怔怔地望着眼前所有的衬衫，有好几件袖口仍别着大头针，摆出拿破仑的藏手礼，揣于胸前，他想，我不知道该穿哪一件。接着他慌张起来，大声说：

"我不知道穿哪一件，是否该选一件普通的白衬衫，但那样的话，恐怕还得穿西装。"他说，他想了想，该死的，我不能穿着西装去桥上，我不打算去上班，我不会再坐电梯上十层楼，他不习惯这样犹豫不决。坚决果断一向是他的专长，时而也许有点过于强硬，在某些情形下，他本该缓一缓，可眼前的状况使他无所适从到几近放弃，我认输，他想。这没用。我不知道该穿什么。

他说：

"我不走远，只到那座桥而已，我打算步行去。见鬼，我不能穿着西装和大衣走在横贯岛屿的路上，两边都是住家，我不能穿着那件大衣去那儿，倘若被他看见我穿着那件贵得要死的紫色大衣走路过去，他会怎么想。可我总要穿得体面些，不是吗？"他说，"这样，到了那儿，他能看出我是认真的。我决不能穿得随随便便去见吉姆。"

"真的吗？"她说。

"嗯，"他说，"我要穿得正式体面些。或也许不用。那样也许太隆重了。我不知道。我不知道该穿什么。"他说。

他听见她下床时床单发出的轻柔声响，他转身，她裹着被子，在衣橱幽微的灯光下走过来，站在他所站的地方，她的身影也映在衣橱内衣服后面的镜子里，和他一样，或者说是部分的他，与部分的她。

"你在发抖，"她说，"你是不是冷？"

"不冷。"他说。她从衣橱里拿起一件衬衫时，被子滑落，她笑起来，他想，她是个成熟的女人。我为此而高兴。那件衬衫浅蓝色，是他多年前买的，穿过几回，虽然没有熨过，但看上去还不错。她拉起被子，盖住肩膀，把衬衫递给他。

"这件吧。"她说。

他完全遵照她的建议。他穿上那件衬衫。她说：

"牛仔裤不好看，不适合你。必须是这种裤子。"她说着，从衣架上取下一条深色长裤，面料是他所称的卡其布，因为以前他的父亲不管裤子什么颜色，都把那种面料叫作卡其布，她又递给他一件灰色、纯棉的鸡心领毛衣，就这样，她为他穿衣打扮，他，汤米·贝里格伦，像小孩似的让别人为他穿衣打扮，他听任不管，他束手就范。事情不该是这样的，他想。今天例外。

他走出卧室，来到走廊，经过那儿的大镜子，他穿着一件他以前没怎么留意过的夹克，蓝色，一种类似帆布的面料，看起来帅气、上乘、挺括。我这辈子从未有过这种形象，他想。但挺好。她跟随他出来，站在门口，被子一直裹至她的下巴。她微笑着，他说：

"妈的，我真紧张。假设他不在那儿，我该怎么办。我没有休闲鞋，"他说，"我的鞋子全是油光锃亮的黑皮鞋。它们是用来搭配西装的。配这件夹克格格不入。"

"放心，"她说，"黑灯瞎火，没有人会看见你的鞋子。"

他挑了一双看起来不那么新的，可事实上没有多大区别。看上去依旧古怪，那双鞋子会在黑暗中发出亮光。

"别想了。"她说。

他跪下系鞋带，一边慢悠悠地交叉打结，一边寻思，到了那儿，我该说什么，我不知道要讲什么，他想。假如他在那儿的话。

"到了那儿，我不知该讲什么。"他说，可她只微笑着，一言不发。他起身说：

"那我走了。"她莞尔一笑。她是如此迷人。她举起右手，掌心对着他徐徐地左右挥动，然后在黑暗中返回卧室，走廊里最后一缕光照到被子从她肩上掉下来，她全身赤裸，一丝不挂。

他没有像平时那样打开屋外的灯，他只是开门，走到外面的石阶上。天有些冷，他竖起夹克的衣领，一边往两只手里呵气，一边搓手，其实并没冷到那个程度。这只是他的习惯动作。他穿的蓝夹克镶了皮毛，既暖和又御风。可以说包得严严实实。他出发上路。从他的寓所到岛屿的最高处是一段陡峭的小径，他走了比预期更长的时间。他看了看只能隐约可见的手表，心想，糟糕，他想，完蛋了，最后，他终于经过扎曼的店，从那儿起变成下坡，他沿马路转入一个大弯道，很快，他能看见右边斜坡下墨黑的水，峡湾另一边是街灯和它们倒映在水中的光，绕过那个弯后，桥出现在眼前。他驻足凝望。皎白的桥身悬于空中，连接两头的夜色。我以前从未见过，他想，继而他想，可吉姆见过。

他走下最后一个山头的最后一截路，在快上桥的地方，他想，硬着头皮去吧，我不等了，他走上那座桥，钓鱼的人站在那儿，带了鱼竿和渔具，他们使劲将钓线拉至胸前，放下时让钓线紧挨栏杆外缘，每个人有他们各自的节奏，是他掌握不了的，他们全在桥的同一侧，因为钓线的缘故，他想，这样，线不会缠绕打结，所以全在同一侧，他想。他从他们身旁逐一走过，他们全都转过来，漠然地扫视他一眼，又转回去，而他却非常仔细地打量他们每一人，然后走向下一个，再下一个，搜寻他曾如此熟悉的那顶深蓝色帽子和那件双排扣厚呢短夹克。桥上有六个人。走到莫斯公路后，他转身折返。吉姆不在他们中间。他停在最末那个钓鱼的人旁边，或更确切地说，头一个。他的样子有点邋遢，一件毛衣套在另一件毛衣外面，两件都破破烂烂。里面那件或可称作米色，外面那件像是蓝的。他的手上戴着粉红的露指手套。那看上去怪怪的。

"你好。"汤米说。那人转过身。"打扰了，"汤米说，"请问，昨天站在你旁边钓鱼的那个人，他今天有没有来？"

那人摇头。

"那么，他通常是不是每天都会来？"

那人摇头。

见鬼，汤米想，这下我完蛋了。现在他该怎么办。现在我到底该怎么办，他想，接着，那人突然爆发出一阵剧烈、带回声的干咳，迟迟止不住，听上去情况严重，他应该去看医生，汤米想，等咳嗽平息后，那人反复清了好几遍嗓子才喘过气，他说：

"他有时来得晚一点，大概六点左右。那样他只逗留一个钟头。他没耐性。"

"是吗？"

"是的，没错。"

"这么说，你是有耐性的。"

"嗯。"那人应道。

对，他有耐性，汤米想，接着他说：

"六点左右，现在已经到了，不是吗？"

"我猜是。"那人说。

"总之谢谢你。"汤米说。

"浪费时间。"那人说。

"什么？"

"没耐性。那是浪费时间。"

"你讲的也许没错。"

那人伸出三根手指举到帽檐，做出童子军的敬礼手势，然后转向栏杆，他钓线所在的位置，使劲拉了两下钓组，仿佛为弥补失去的时间。

汤米朝大陆和右侧山脚旁的路边停车带走去，前一天，那儿停着一辆车。此刻什么车也没有。他靠在垂直的岩面上。寒意透过那件时髦的夹克侵袭他的背，他看了看手表，正好六点，天还没亮，只有那座桥清晰分明，发出阴森森的白光，他想，该死的，吉姆，你不能不来。你非来不可。

吉姆从利勒斯特伦镇中心走到那栋砖砌老建筑后面的广场，那栋建筑内新开了名叫SATS的健身中心。他的车停在铁道旁，发亮的铁轨从奥斯陆穿过幽暗的隧道，通往利勒斯特伦火车站，仅一百米远处，同样波光粼粼的尼特尔瓦河流入厄耶伦湖。朝车子走去时，他能看见风挡雨刷下压了一张停车罚单，像三角旗似的飘荡着。我付了二十四小时的停车费呀，他想，二十五克朗，我往机器里投的是这个数目，我把停车票放在前窗下方的仪表板上，这样从外面一眼就能看见，可他打开驾驶座的门，那张停车票掉在搁脚处的地上。一定是他用力关车门时震落的，不可能有别的解释，他忽然感到万念俱灰，他想，我交不起这罚款，我连工作都没有，但转瞬，他又镇定下来。他从雨刷下取出罚单，沿路堤往前走，把罚单塞在铁道旁高高的金属网防护栏下，护栏底部冰冷的草碰到他的手和冰冷的塑料封套，然后他走回自己的车子，上车，转动钥匙。

* * *

他向前倾身，透过挡风玻璃仰望天空。时近傍晚。社会保障署办事

212

处、就业中心和各类办公机构一应关了门。是下班回家的时候。川流不息的人走在闹市街上，绕过艺术中心旁的弯道，经博士公园，从利勒斯特伦镇中心涌往火车站，另一拨人鱼贯走下月台，慢吞吞、三五成群地涌向车站的中央大厅，在那儿分成两路，一路左转去镇中心，另一路右转去后面的停车场，那也是通往河、托恩酒店和展览馆的方向。可现在，他不能和其他人一样回家，他不像他们那样上完了班，而且反正时间也太早，家中没有什么让他有家的感觉。公寓里的物品，没有一件在他看来是属于他的。时过境迁。虽然他的书都在，却不像以前那样为他指明道路。翻开一本时，如坠云雾之中。他上一本读的是什么书。是正好一年前他在家门口向推着小车的男子买的十五卷迈格雷系列。他一口气将它们读完。在合上最后一本前，他几乎没怎么下过床。这光景，我该做点什么呢，他想。

除了耗着、消磨时间以外，没有事可做。因此他像昨晚一样，再度沿120乡道，驶向埃内巴克，这样假如他想去奥斯陆，可以很容易在坦根桥拐弯，从埃内巴克郊外驶上奥斯陆干线，换个方向，从南面进城，这也是他昨晚开的路，或他可以在那儿的小型购物中心停下、折返，那其实无所谓。二十年前，他有个住在那边的女朋友，当时他经常开着他的旧车走那条路，她则开着她的车反方向而行。当她突然现身、按他的门铃时，那教人喜出望外，有时，他略等片刻再去开门，如俗话说的，先让自己在脑中想象她的模样，从脚到头发，再到眼睛，在还未能真正见到她时，他会把目光牢牢锁定想象中她的眼睛，看它们是否充满期待和渴望，然后打开门，证实自己的猜测。原来她果真愿意开这么远的路，来与他同枕共眠，躺在他的床上，与他做爱，不要别人，只要他，毫无保留地想和他在一起，这使他感到骄傲和惊异，他们说，那是我们的120乡道，他们称之为"生命线"。那是很久以前的事了，但当他间或，也许不只间或，而是经常想起她时，觉得一切琴瑟和谐。他非常喜欢她，也喜欢他们之间相隔的那四十公里，给予他空间和时间，让他在开车之际从各个可能的方面、各种可能的情景来揣摩她，夜幕降临，厄耶伦湖上的暮色变得靛蓝起来，他跟随音乐哼着歌，立体声唱机里放的是早年齐柏林飞船乐团的专辑，也许是《好时光，坏时光》，他会在发光的时速表后面放声歌唱，这段关系最后走向终结，错不在她。

* * *

在弗莱特村，他驶入加油站，停在转角商店的荫凉处，靠近空气压缩机的地方。他在那儿坐了几分钟。他不后悔任何事。他苦苦思索，他不后悔，他亦感到温暖，一种宜人的温暖，他的心情兴奋、迫不及待。他想吃东西，可在利勒斯特伦的那顿晚午餐仍积在胃里。他看看手表，过去了不到两个小时。

他下车，绕过转角，走进商店。有个女孩站在柜台后面。她正从冰柜里取出一袋塑料袋装的冷冻香肠，用木钳子把香肠放到烤架上。她的头发又黑又长，在她弯腰时滑落至眼前，她直起脖子，用拇指把头发拨回去，掖在耳后，然后向前俯身，头发再度落下。

她听见他走进来，抬起头，把头发掖在耳后，面露微笑：

"嗨。"她说。

"嗨。"他说，他不妨也报以微笑。她给人感觉和蔼可亲。她长得也漂亮。

他从门旁的书报架上拿起一份《每日新闻》和一份《世界之路报》，细读了一遍头版，然后把《世界之路报》放回去，把《每日新闻》放回去其实也一样。他从一个货架上取了一块芙蕾雅牌牛奶巧克力，大包装，价格二十五克朗，把报纸和巧克力一起放到柜台上。她问：

"就这些？"

"还能有什么别的。"吉姆说。

"也许来点饮料。"

"可以考虑。"吉姆说。

他朝冷藏柜走去，拿了一瓶可乐，一点五升，最大包装的。这莫名其妙，他要一点五升的可乐做什么。那照理能喝多久。但他还是把可乐放到了柜台上，她微微一笑，大概意识到他是胡乱瞎选的。接着她把金额输入收银机，吉姆说：

"弗莱特村。"

"对。"她说。

"你住在这里吗？"

"是的。"她说。

"住在这儿称不称心？"

"称心，"她说，"或许不算称心，但过得去。"

"年轻人在这儿从事什么工作，在弗莱特村？"

她笑起来。

"这是个名副其实的车来车往之地，所以一切都是车子、车子、车子。"她又笑起来，摇摇头。

"但你不是其中之一。"

"不，我不是。"

她看着也不像那类人。反过来说，对车子的狂热不是天生的。你可以表现出任何你想表现的样子。这一点，他从默克镇人的身上看得一清二楚。

"我只是在这儿站站柜台，挣点钱，"她说，"等存够了钱，我会搬去城里。城里消费高。我需要一点起步的资本。"

"那听上去很明智。"

他拿起报纸，夹在腋下，把巧克力塞入口袋，但有一大截露在外面，可以看见包装纸上奶牛在群山前吃草的图案，他从柜台上提起那一大瓶可乐，说：

"好吧，无论你未来做什么，祝你一切顺利。"

"我会学文学。"

"真的?"他说。

"英语文学。"她说。

"噢，"他说，"那可不容易。"

她挺直背，举起食指说：

"你以为我是机器人吗，一台没有感情的机器，在你看来，因为我穷、卑微、平凡、渺小，所以我就没有灵魂、无情无义，是不是?"

"你搞错了。"他说。

"一点没错。"她说。

"那样讲，岂不有点故作悲情。"他说，可他心中惊讶，有些慌了神。

"不能苟同。"她说。

"我猜到你会不同意。"吉姆一边说，一边思索他应该再讲点什么，若真如此，谈点文学，谈谈英国和《简·爱》，诚然，他不是一无所知，这是他的兴趣所在，或至少兴趣之一，可他想不出该说什么。

"祝你的人生一帆风顺。"他说。

"祝你的也一帆风顺。"她说。

他哭着走向车子。从何时起他停止克制自己的情绪。是今早在桥上时，还是许久以前。她从柜台后面看不见他哭，就算看见也无所谓。他不会再走进这座加油站的商店。

他旋即开车上路，同时吃起巧克力。那一整块。结果统统吃完，一点也不剩，仅十分钟后，他不得不转入旁边一条小路，尽快下车，往沟里呕吐起来。他吐了好些时候，那难受得很。终于，他直起身子。他走了几步路，离开那堆呕吐物，伫立了一会儿。天气凉爽。日头低了。四周全是田野，刚收割过。畦头间立着发黄的根茬，像断落的树枝。远处，道路蜿蜒下沉，穿过两边陡峭的农田，通往苏尔贝格福斯，那是厄耶伦湖流入格洛马河的地方，湖水也流向那儿的瀑布和发电站，发电站看似像一座堡垒，他想必是在电影里见过，可能是一部战争片，发生在挪威的，片中，雪白的带帽防寒衣与白皑皑的雪互相映衬，英勇的破坏性袭击，大爆炸，水倾泻而下，险峻的坝缘上难得一见的壮举，然后是致命的坠落，一张面孔陡然松弛，带着惊奇胜过恐惧的表情，飞过空中，划出一道无声的弧线，最终摆脱一切艰辛，消除所有怀疑，白色的水花衬托着黑影中的身躯，下面是什么，那张脸在发问，下面是什么，河水在废弃的厂房间向南奔流，一直流向沿海的城镇，出了镇，经过峡湾，最后抵达尽头，汇入带有咸味、波涛汹涌的北海，千里之外是苏格兰海岸。

　　他朝车子走去，上了车。他在贮物箱里找到一卷厨房用的纸巾，边缘印着一排小精灵和圣诞树。他扯下约莫十棵圣诞树的长度，仔细把脸、嘴巴和眼睛全擦了一遍，接着他拧开那一大瓶可乐，一口气喝了许多，感觉神清气爽。他又猛灌下一口，重新旋紧瓶盖，把瓶子放在副驾驶座上，身体向后一靠，即刻睡着了，等他醒来时，黑漆漆的，什么也分不清。他看了看手表，他睡的时间不久，半个小时，可能再长一点，但日落后，天色暗得很快。他不知自己身在何处。车子周围无一样景物是他先前见过的。他想：我叫吉姆。我一定知道我在哪里。可他不知道。他想不起来。

　　他转动钥匙，车子启动，灯亮了，照出汽车前方和两侧一段距离内的树，犹如置身在一间屋子、一个房间内，那给一切更添了几分异域感，他寻思，假如我是开进来的，那么我可以倒出去，于是他开始倒车，仅退了几米后，在车尾灯红光的照射下，黄色的路牌映入眼帘，上面标示着地名和相隔的距离，按上面写的，往一处去九公里，往另一处去五公里，这些地方，他只在地图上见过。他拐了一个一百八十度的大转弯，车前灯的光扫过那些树，他将车子驶上公路，沿120乡道返程，先徐徐穿过整片埃内巴克区，穿过弗莱特村，然后稍稍加速，向利勒斯特伦疾驰而去，最后上山，回到他住的山头上的公寓。

在从大楼地下停车库上楼的途中，他遇见住在一楼他对面的邻居。那位邻居停下，面带微笑，他叫桑德姆，于是吉姆也不得不停下。桑德姆待人热情，比吉姆年轻不少，至少年轻十岁，或不止，也许年轻二十岁，他有妻子和两个上幼儿园的孩子，他们都很友好。

"你今晚打算看球赛吗？"他问。

吉姆不知道有什么比赛，他搜肠刮肚，却一无所获，今晚有重要的球赛吗，难道是挪威杯，可瓦勒伦加队在四分之一决赛前已经出局，这令人大失所望，因此他也不再关心。他从支持利勒斯特伦队转而支持瓦勒伦加队，这件事，他不能公开拿出来讲。可半决赛应该在某个周日举行，所以他邻居讲的不可能是那场比赛，但吉姆不敢问。

"不，我得早点上床睡觉。"

"喔，球赛开始得有点晚。"桑德姆说。

"就是啊。"吉姆说。

"不然我们可以一起在我家看。我明天上晚班。冰箱里有的是啤酒。"他面露微笑。

晚班，吉姆心想。他断定这位邻居知道他在休病假或至少先前一直是。他想必曾在什么时候告诉过他，但这不是现在讨论的焦点。桑德姆会体谅人的。

"我们下次再约，"吉姆说，"可以一起看挪威杯决赛。"他那么说不会露馅儿。

"那敢情好，"桑德姆说，"我太太一点不感兴趣。电视上一出现足球短裤，她就离开房间，两个孩子还太小。每次一个人坐在那儿怪无聊的。"接着他问：

"看来你是准备去钓鱼啰，是不是？"他又露出微笑。他怎么知道我夜里去钓鱼的，吉姆想。我没告诉过他。转念，他记起有几次，他们在大清早撞见过彼此，吉姆从桥上回来，桑德姆下夜班回家。当时他们几乎不打招呼。桑德姆累了，吉姆也累了，就那么简单，他想，我的旧双排扣厚呢短夹克肯定满是鱼腥味，或谅必那味道是从袋子里散发出来的，没错，一定是那个袋子，要是钓到鱼，他把鱼装在袋里，带回来送人。

"是的，"他说，"我那么计划的。"可这不是他的计划。他不知道自己为何那么讲。他真傻。傻在把事情讲出口，他想，这样，它们就成了你的义务，你无法将它们忘怀。

"那么祝你钓到大鱼。"桑德姆说，吉姆道了谢，桑德姆说，"回头见。"

吉姆把外套挂在走廊帽架下的衣钩上，那个帽架从未用来放过一顶帽子，他取出皮夹，脱了鞋，穿着袜子经客厅去厨房，把手里的皮夹放在流理台上，又从裤袋里掏出车钥匙，放在皮夹旁边，还有他摘下的手表，他把三样东西一同排列在流理台中央，突然，他感到饥肠辘辘，像一下子被掏空似的，他一把拉开冰箱门，抓了两个鸡蛋和一块黄油，把平底锅搁在电炉上，仅凭毅力，飞速做了炒鸡蛋，用时比平常短，他风风火火地给面包涂上黄油，在厨房桌前刚一坐下就吃起来。

吃完后，他洗碗，接着清空冰箱，把冰箱内部彻底刷了一遍，过期食品一概丢进垃圾箱，剩余的再放回去。他把厨房和客厅擦得一尘不染。他给每个房间吸了尘。他把他的书按字母顺序放回原来的书架上。他整理卧室的床，一丝不苟的程度达到军事化标准。至少在他看来是。他又累了，他真的疲累不堪，但他没有躺下休息。他回到客厅，徐徐地环视四周。没有多少他还可以干的活。

他拿起他的那包烟和一盒火柴，在沙发上坐下，抽出一支烟和一根火柴，把烟点燃，接着他想到，哎，吉姆，这周你不是要戒烟的嘛。想到这，他忍不住大笑，不过没有人听见他的笑声，所以他立刻止住。他把升起的烟吸入肺里，那滋味真棒，他一声也没咳嗽，而后他坐着把烟抽完，用食指在烟灰缸里摁灭烟蒂，然后靠在沙发上，透过缕缕青烟，仰望水泥天花板。要在天花板上弄个支点，比如一枚金属钩，他得去地下室的储物间，他的电钻放在那儿，一把百得牌电钻，人们送他的五十岁生日礼物，然后他得找一节结实的罗威套管，可以嵌入他钻的孔里，这样他把钩子旋进去后，钩子才能固定不动，但现在是楼里每家每户小孩的就寝时间，他们应该听大人给他们讲睡前故事，不受隔墙电钻隆隆声的干扰。所以那不行。不能在这儿，他想。

吉姆·最后一夜续·2006年9月

　　吉姆不知道自己像这样躺了多久。时间变得混沌。他没有睡着。他没有醒着，他在做梦，但他不知道自己梦见的是什么。假如梦可以是空洞、没有内容而只有颜色的话，那么，他做的梦，是紫色的。

　　此刻屋外一片漆黑，客厅里也变得越来越暗，是晚了，还是早了。是夜里。只有走廊的灯亮着，照进一道倾斜的白光，从电视机一侧穿过客厅。他可以从他躺的位置看见电视机，但电视没有开。他赖在沙发上，目不转睛地盯着天花板。除此还能看哪里。窗外。天啊，难道他要像老太太一样坐在窗台前，窥视他人的生活。

　　他撑着扶手起来，打开电视。桑德姆指的是什么比赛。吉姆用拇指从一个频道按到下一个。最后他转到欧洲体育台，一场足球赛终场前的几秒钟，曼联队对雷丁队。那想必就是桑德姆惦记的比赛，这个国家处处有热爱曼联队的人。但那看上去像是之前一场比赛的重播，赛场上的时间与屏幕上显示的时间不同。电视上现在是两点一刻。总之，比赛以一比一打成平局。青春年少的罗纳尔多为处境艰难的曼联保住了一分，我们讲的这位罗纳尔多来自葡萄牙，不是巴西。他很有天赋，索尔斯克

222

亚还在队中效力，球迷在看台上为他歌唱，他们唱着，你是我的索尔斯克亚，我唯一的索尔斯克亚，场面颇令人动容，他又差点哭出来，接着他坐起身，心想，老天，我再也看不下去了。

他从沙发上站起，走进浴室，在洗手盆里放满水，猛地将脸没入其中，水溢了出来，溅得满地都是，他穿着袜子站在那儿。他试图努力睁着眼睛，可他做不到，不过在海里游泳时是可以做到的，在即将一头扎入水中之际，你能看见水母逆着洋流飘动，海藻荡漾着，比目鱼在卷起的一柱沙中从水底升起，降至别处，让沙子落满它们全身，隐匿不见。就是这么回事，他想，结束了。他抬起头，水哗地从他头发上流下，淌过他的额头、眼睛和下巴，他想，我说了我要去，那我一定得去。讲真的，在什么地方，那无所谓。他用毛巾使劲擦干脸，他觉得整个人更加精神、利落了。他脱下濡湿的袜子，擦干脚，在篮子里找出两只干净的。然后他走进走廊，从柜子里取出那个黑袋子和塞特勒饼干厂出产的漂亮的饼干盒，里面装着他的钓鱼用具，他把饼干盒放进袋里，从墙上的挂钩上拿了一根拖车用的缆索，两头有亮晶晶的钩环。这根缆索是旧的，来来回回拖过好几辆车，所以他细心检查了一遍，缆索完好无损，能在平地上拉动一吨或一吨以上的重物，但若吊在树上或桥上的话，承受力远没那么强，不过也不需要。他绕着手肘把缆索盘起来，放入袋中。

他把袋子丢在门旁，走回客厅，坐在沙发上，又抽出一支烟，点燃，一边坐着慢慢把烟抽完，一边等待，并不是他改变了主意，而是他感到释然，不再赶时间了。桑德姆要上晚班，所以现在，看完比赛，喝了几罐啤酒后，他多半在睡觉，他们不会在楼梯上遇见彼此。

这回他咳嗽了几声，但没关系。他走进厨房，把烟灰缸洗了，放在晾干的架子上，他拿着烟蒂去阳台，用食指把两个烟蒂按进窗槛的花箱里，再用土盖住。这个花箱已经多年没长过一枝花，所以无碍。

在出门去楼梯的途中，他停下，把袋子丢在地上，心想，见鬼，每次都这样，他匆匆返回，穿过走廊去厨房，确认灶台上的炉子都关了，烤箱也关了，本来就是关着的，可随后他乱了方寸，也无法集中精神，他倚靠门框站着，尽可能地深呼吸，屏住气息，数着十五、十六、十七，坚持到十八、十九，然后慢慢呼出气，那使他有种相当美妙的微醺感，犹如在餐馆喝下第一杯啤酒后的感觉。他又重复了一次，他镇静下来，在下楼去停车场之际，他不禁微笑了片刻。

他打开车门，把他的双排扣厚呢短夹克放在副驾驶座上，又把袋子放进后备厢，诚然，他本可以简单些，把袋子扔在后座，但为何要让车内有异味呢，难道仅因为是最后一次。

假如你能无声地飞过夜幕，宛如在梦里，不是乘直升机，而更像彼得·潘，从山谷沿山坡扶摇直上，高出树林一大截，翱翔在山脊的上空，向东经过障碍滑雪的坡道，那么你会很容易发现吉姆开车下山，绕过一个个弯，往利勒斯特伦驶去，这个时候，交通不繁忙，所以你不会错过他的车，前方一块被车灯照亮的黄白区域，在车头的推动下前进，可话说回来，从你像天使般翱飞的空中，你并不能真正看清那辆车，只有这块发光区域在不疾不徐地移动，却不见光源在哪里。一下了山，在河流

224

入湖的地方，不到带停车场的火车站，吉姆出人意料地从那条"生命线"拐入旁边的岔道，直接穿越利勒斯特伦，往费特湾去，驶过有莱拉河流经的广阔的平原，继续向前，翻过高高架在格洛马河上的桥，右边堤岸上有木材收集站，左边是壮美古老的铸铁铁路桥，也横跨格洛马河，这些都是你现在看不见的，但吉姆知道有这些风景。

他取道向南，一路沿厄耶伦湖行驶，现在还不是特别晚，也不是特别早，他有足够的时间，走一条比平时去奥斯陆和峡湾更长的路，这样，他可以坐在昏暗的车内，让车子在马达声中悄悄穿越夜色。可在E18高速公路上行驶了一个多小时后，时间突然比他预计的晚了。那使他焦躁起来。他打开收音机，正在播放的是古典音乐，一曲贝多芬的弦乐四重奏，要不就是他这么认为，本来听听音乐不错，但眼下，这正是他母亲口中的靡靡之音。所以他又关掉收音机。我要迟到了，他想，马上就将五点半，接着他又想，见鬼，迟到什么。你要去的地方，很快就到。天还没亮，在他偏爱的僻静小路上开了半小时后，他终于驶出铁道线旁的海于克托地段，然后继续沿斜生的树木稍稍前行，往庄园路去。在快到亚恩车站时，他左转准备过铁路桥，红灯，但周围一个人也没有，所以他还是转了。过桥后他继续前行，经过他们称之为"旋转木马"的商店，没有人从黑暗中窜出来，被他的车前灯照到，相反，道路两边阒寂无声，没有一丝动静，除了山下两道车前灯的光在向他逼近，吉姆此时泰然镇定，他的呼吸平稳顺畅，他轻而易举地与另一辆车迎面经过，然后下坡，往莫斯路的方向，在山脚右转，朝奥斯陆和那座白色的大桥驶去，他想，我要去的地方，很快就到。

IV

西丽 · 2003 年

说真的，我必须把这件事告诉你。

我将去阿富汗参加救助儿童会的工作。我代表他们去各地已有数年，服务对象是住在穷乡僻壤的人家和过着近似中世纪生活的父母，还有学校和生病的儿童，现在，一切已收拾准备好。我以前去过阿富汗两次，很清楚我需要带些什么，哪些东西最好别带，因此我把一些书、一些衣服、有特定标记的首饰和若干我不想一一罗列在这儿的女性用品留在家中，但出于职业和私人的原因，这是我第一次去新加坡，一个我认识的男人在那儿，换言之，他在那个特定时间出现在那座城市。他是挪威人，从事新闻工作，我们几年前在一起过一段时间。那是美好的回忆，我们俩都从中受益匪浅，当我们舍弃浪漫的爱情、分道扬镳后，我们之间毫无怨恨。原因只是我缺乏与任何人共同生活的禀赋，而他与我共同生活的禀赋也没有高到可以弥补。但每次见面时我们同床共枕。我们在世界各个不同的地方见面，毕竟他的工作居无定所，我也一样。我们第一次见面是九十年代中，在萨拉热窝，而不是之后不久的普里什蒂纳。

我们在利比亚见过一次，竟然是在班加西，我不记得他到那儿做什么，报道什么内容，他结婚后我们照旧见面。她来自日内瓦，他告诉我，也是一名记者，对此我并不计较，无论是想到他所不忠的这个女人，还是他是别人丈夫的事实，我都不放在心上。我必须说，他善良聪明，擅长很多事，我认识的人里，谁也没有他那样的接吻本领。我在这方面格外挑剔。哈哈。

但我去新加坡，不是纯粹因为一时心血来潮想见这个男人。他对我而言不再那么重要。若真如此，这趟心血来潮可代价不菲，我没有那么多钱。

我在新加坡必须做的另一件事，是监督一大批文具和医疗器材的交运工作，那已由船运抵，后将空运至喀布尔。定好的小航空公司临阵退缩，怎么也不肯飞喀布尔，他们担心有人预谋击落他们的飞机。在我看来，显然，他们担心更多的是损失飞机，而不是机组人员的丧生，因为他们一句也没提到机组人员。虽然这是二零零三年冬末，无耻入侵伊拉克的前不久，但我能拍胸脯保证，当时飞往阿富汗并不危险。我们和好几方派系进行了建设性的对话，也全面分析了局势。但我的陈述或看法对他们无效，所以我不得不另找一家航空公司接受这项委托。这花了些时间，但我成功了。我必须挥舞我的挪威护照，拿着资料和表格四处奔波。可真正的问题在于，第一家航空公司刚卸了一半货，两头不着，货物分散在三个不同的地方，深陷物流过程的泥沼。所以我的工作是耐心地与各方负责人联系，把货物集中到一处，确保没有一样不见或从卡车后面掉下来，然后协助那家小型航空公司——遗憾地说，那家公司的调配有点混乱——尽快让货上飞机，并在完成所有扫尾工作后，跟着前往阿富汗。

我的朋友见到我很高兴。在我等待走完繁琐的程序期间，我们共度了几天快乐的时光，但接着他得去泰国和泰缅边境，那儿将有情况。后来我得知，什么事也没有，本来要发生的事，结果没发生。

我们微笑着道别。我吻了他一下。你真贴心，我说。他大笑，摇摇头。但他真的贴心。

之后剩我一个人在这大都市里。我内心突然感到一阵无力，在未来很长一段时间里，不愿讲英语，什么也不愿讲，不愿投身周围的环境，不愿适应，我决定上山，去挪威海员教会。那坐落在新加坡最陡的山岗之巅，俯瞰集装箱港口，全世界最大的集装箱港口之一，或据我读过的资料是。鉴于我来这儿的原因，我想，那正合适。事实上，第一个吸引我的地方是，在那下面，一切都可能消失，一去不返。

教会的人端出咖啡和华夫饼招待我。自从那次，汤米和我在厨房柜子底层找出我母亲的旧华夫饼烤模以后，我再没吃过华夫饼，凭记忆，我们用一个绿色的碗和面，换言之，是凭汤米的记忆，他闭上眼睛，用心思考，脑中浮现我们母亲手的动作：这样，那样，打鸡蛋，加糖，用搅拌器把这些搅打成糊状，然后倒入面粉。我们为双胞胎姐妹做华夫饼，让她们闻到从厨房飘出的美妙的香味，在这个家中感到开心、安全、昏昏欲睡。汤米和我讨论过这件事，我们一致认为，华夫饼和安全感密不可分，我记得我们有点手忙脚乱，我们忘了先在烤模上涂油，最后做出的华夫饼少得可怜，我们俩每人只好吃中间的一小块，把其余的留给双胞胎姐妹。在付出这么多心血后，那需要毅力才行。

两天后，警佐来了，把我们拆散。

他是一位非常和蔼的牧师，年纪不大。我做了自我介绍，然后我的华夫饼来了，我们坐着，一边喝咖啡，一边聊天。他兴致很高，问了我许多问题，我向他讲述我的工作、我的见闻、我被派往的那些地方的情况，通常是不安定的地区，当然，正因为如此，才必须有人去那儿。事情就是这样。必须有人去。他说我体现了基督教精神，我一笑了之，试图向他解释，基督教精神与这几乎无关。但那其实没什么意义，我并不认识他，我不打算把我的人生交到一个我不认识的人手中，无论那个人多么和蔼可亲。

"贝里格伦，"他说，"那让我想起一件事。这儿来过一个姓贝里格伦的人。在我就任以前，我不大确定是什么时候，我之所以记得，完全是因为前阵子，我必须翻检人们留在这儿的诸多东西，他们或忘记或故意留下的，那向来不易分清。总之，我们有个盒子，里面装着几件私人物品，属于一个姓贝里格伦的人。"

"在挪威，姓贝里格伦的人数不胜数，"我说，"瑞典也有。他们中肯定有人出海，当过海员。"

"没错，你说得对。不过这是一位上了年纪的妇人。我不确定她是否还在船上工作，或干脆已在新加坡定居。但她有个不常见的名字：她叫提雅。提雅·贝里格伦。所以我才记得。因为这个名字。"

我不知道该说什么。

"她来这儿，"那位牧师说，"她身体不适。当时主持教会的人安排她住进医院。很遗憾，她在那儿过世了。病历上没有说她患了什么病。她没有在挪威的地址，也找不到一个亲属。"

我依旧一言不发。后来我说：

"我的母亲叫提雅·贝里格伦。"

"真的吗。她有没有出海当海员？"

"我不知道。"我说。

"原来如此。"他说。接着他又说："请等一等。"他起身，穿过房间，从另一头的门出去，又从那扇门进来，手臂下夹着一个鞋盒。我望向窗外。天气实在太热。简直热得难以忍受。五颜六色。太多色彩。空气因集装箱滚烫的金属外壳而闪烁起来。你不能碰。压抑、令人困倦。起重机的吊臂全部竖着。我突然渴望去喀布尔。那儿刚入春，地势高，位于兴都库什山脉旁，靠近世界屋脊，春寒料峭。

他把盒子放在桌上。

"我们看一看吧。"

"那无妨，我想。"我说。

他打开盒子，拿出里面的东西，一一放在桌上，数量少得出奇，我在心中念道——用的竟是英语——真奇怪，我想，我原本预料的不止这些。

"东西不多。"那位牧师说。

"嗯，的确不多。"我说。

"有没有你认得的？"

我把物品摊在桌上。钥匙，一只腕表，几件精美的首饰，一张折起来的剪报，上面是一个男的戴着手套、捧着足球的照片，一些钱，美元，确切地说，挺厚一沓，还有抬头是各家轮船公司徽标的信纸。没有一家挪威的公司。但纸上有她的名字。那是挪威名字。有一本护照，不是挪威的。我翻开，看里面的照片，看她的脸。我说不上来。我不认得那张脸。但我又没那么有把握。这使我感到不自在。

"没有，"我说，"但这没什么奇怪的。我不大记得我的母亲了。她离开我们时，我还很小。眼前这位是上了年纪的女士。估计不是她。"

"嗯，很可能不是。"他说，"那么这些呢？"他一边问，一边从盒底取出几张镶框的小照片，有三张，他翻过来，把照片放在我面前的桌上。我凑近。我的心中陡然一惊。一张照片里是一个男孩，大概最多十三岁，另一张里是一个女孩，约莫比男孩小两岁，最后一张里是两个女娃，她们显然是双胞胎，用一样的丝带扎着辫子，仅颜色不同，我把照片一张接一张拿到手中，仔细端详，我觉得：那不是我们。虽然样样符合，但那不是我们。他们长得与我们一点不像。接着，我看出这些照片不是真正用相机拍的，是从有光纸印刷的杂志上剪下来的，而且不是同一本杂志，因为纸质不同，我寻思，我是否应该为了这个而生气。这是不是我此刻的心情。我已许久没生过气。我为什么要生气。但我不是生气。我困惑，而且不止，也许不止困惑。我想，我必须打电话给汤米，告诉他这件事。可我能说什么。说我在新加坡的挪威海员教会，在一个鞋盒里找到三张照片，上面的小孩子不是我们。

"不。我不知道那些孩子是谁。"我说。

至少，这是实话。

"问一问还是值得的。"那位牧师说。

"嗯。"

告辞时，我与那位牧师握了手，感谢他的华夫饼，可口极了，我说，我只在小时候吃过华夫饼，他说，华夫饼和小孩是属于天国的，这个说法有点奇怪，但亦可笑，不是贬义的可笑，在我看来，他是一位有基督教精神的好牧师，别在去喀布尔的途中迷路，他说，祝你工作顺利，于是我给了他一个大大的拥抱，他羞红了脸。他长相英俊，一头浅黑色的卷发，至少比我小十五岁。他也笑起来，带着几近得意的神色。我可不能冲动地吻他，我想。

我走出教堂下山，回头挥手时，那看起来完全不像一座教堂，不知怎的，更像亚洲的建筑，屋顶有几分佛教特色，我依旧因在那里面看到的东西而头脑混乱，但也有种幸福感。是的，一种幸福感。我觉得幸福。

仅三日后，我飞上了天。